人間に生れてしまったけれど

新美南吉の詩を歩く

Pippo 編著

かもがわ出版

はじめに

あなたの生れ育った場所はどこですか。
そこは、あなたにとって、どういう意味を持っていますか。
そして、あなたはどんな道を歩いて、今ここにいるのでしょう。

本書でとりあげるのは、愛知県名古屋市から南へ四十km、伊勢湾をくの字に伸びる知多半島の真ん中、半田《はんだ》市岩滑《やなべ》に畳屋の息子として生をうけた、作家・新美南吉です。
「〝ごん、お前だったのか〟の人?」と思い当たるかたもいらっしゃるかと思いますが、わたしの南吉との出会いも、小学校の教科書で読んだ「ごん狐」でした。ちょっとしたいたずら心から悲しい最期を遂げてしまう子狐「ごん」の物語は、子ども心に強烈な印象をもたらしました。どんなに誠意を尽くしてもどうにもならないことがあるんだな、と生の不条理に真剣に思いをはせたのも初めてのことでした。夏休みに図書館に通って、ほかの童話も手当たりしだい読みました。図書館の片隅で、ふと飛びだすユーモアに笑ったり、南吉のつむぎだす世界に没頭するうちに現実世界が後退していく感覚は、今もあざやかに思い出せます。

南吉の「詩」にしっかりふれたのは、それからだいぶ時をへた、筆者が三十代も半ばのこと。西荻窪（東京）のにわとり文庫で入手した詩集『墓碑銘』（巽聖歌編）でした。

この石の上を過《よ》ぎる
小鳥達よ、
しばしここに翼《はね》をやすめよ
この石の下に眠つてゐるのは
お前達の仲間の一人だ
何かの間違ひで
人間に生れてしまつたけれど
（彼は一生それを悔ひてゐた）
魂はお前達と
ちつとも異らなかつた
何故なら彼は人間のゐるところより
お前達のゐる樹の下を愛した
人間の喋舌《しゃべ》る憎しみと詐《いつは》りの

言葉より
お前達の
よろこびと悲しみの純粋な言葉を愛した
（略）
彼には人間達のやうに
お互を傷《きず》つけあつて生きる勇気は
とてもなかつた
彼には人間達のやうに
現実と闘つてゆく勇気は
とてもなかつた

（「墓碑銘」より）

そこには何かの間違いで人間として生れてきてしまった鳥が、その繊細で純粋な魂で過酷な人間界をずたぼろになって生きて、自ら世を去るさまと、それを見守る作者の慈愛がえがかれていました。驚きました。わたしは中学高校時代から、何かつらい思いをするたびに、たとえばミミズや木など、人間以外のものに生れてくれれば良かったなと思うことがあったのです。人間に生れてしまったから、人を傷つけ、自らも傷ついて、それでも生きてゆかねばならない。

たとえばミミズに生れていたならば、落ち葉や土を食べ、排泄をし、豊かな土を作る。他者を傷つけることなく、ただ世界の一部として、すこやかに生きていけたのに。そんな思いをかかえて生きてきた自分を、南吉がふいに励ましてくれた気がしたのです。

それは「東の宮澤賢治、西の新美南吉」と称される南吉を、偉大な童話作家としてではなく、生の傍らをともに歩いてくれる友人のように身近に感じた瞬間でした。のちに『校定 新美南吉全集』全十四冊（全集十二巻・別巻二冊）を入手し、さらに多くの詩にふれ、その根底にある清冽な世界観、人間や動物・昆虫たちの通わせる情愛、すべての生き物に注がれる温かなまなざし、やさしく立ちあがる田舎の風景にも改めて惹きつけられました。


南吉の生れ故郷である知多半島・半田市を初めて訪れたのは、パンデミック下の二〇二一年二月。文学散歩は一人でできるし、生誕の地を巡ってみよう、とのぞんだこの旅で思い知らされたこと。それは童話・詩などの南吉の作品と、この郷土の風景と風土が強固に結びついていたということでした。

南吉が日記に書いた「僕の文学は田舎の道を分野とする」という一節がふいに脳裡をよぎりました。たとえば「ごん狐」で兵十《ひょうじゅう》がウナギを捕ったとされる矢勝川《やかち》は、南吉の生家から歩いてゆけるし、その向こうにはごんの里・権現山《ごんげん》も見える。半島を南下する河和線《こうわ》に乗れば、

「そこには春の海の／うれしき色にたたへたらむ」と南吉のうたった海を目にすることもできます。南吉の生れ育った半田岩滑周辺。小学校教員時代に通った海辺の町・河和、あるいは晩年に女学校教諭として過ごした安城《あんじょう》など、南吉に縁の深い地を歩くごとにその思いはいっそう強くなりました。

わたしは詩人ゆかりの地を探訪する文学散歩が趣味なのですが、作家の死後五十年、百年を経過したその場所が今もその風景をとどめているということはとても稀です。しかし、地域の歴史的背景や南吉を大切に思う方々の尽力のおかげで、この地では約百年〜八十年も前に南吉が見た風景、住んだ家、歩いた道のりを今も目にすることができます。以来二〇二三年一月までに計五回、この地を訪れました。

二つの世界大戦のはざまを生きて、二十九歳七カ月で没した南吉が上京時代の四年半をのぞき、人生の大部分を過ごした半田とその周辺。南吉の詩を口ずさみながら、歩き、目にした数々の風景のなんと味わい深かったことか。

そして、今一度「墓碑銘」を読みました。厳しい生に耐えかね、自らの命を絶ったこの鳥には、南吉自身が投影されている面はありますが、南吉との決定的な違いがあります。それは、南吉は自らの生を諦めなかった、けっして手放さなかった、ということです。貧乏や病気、失恋、過酷な労働、生涯つきまとった孤独感。金を稼がなければ生きていけない現実と、作家を目指す夢とのはざまに煩悶しながらも、その生の火が尽きるまで、童話や詩を精魂こめて創りつづけました。逆にいうと、南吉は文学創作をつづけることで、その命の火を守ったのです。

新美南吉は、この二〇二三年に生誕百十年、没後八十年を迎えます。時代は変われど、南吉の生きた時代の苦しみと、わたしたちの生きる時代の苦しみは重なるところが多くあります。「ごん狐」を筆頭に昭和~平成~令和と長きにわたり、小学校の各教科書に童話が掲載されていることで、童話作家としてのかれはたいへん有名です。けれど、南吉はその生涯において、童謡もふくめた「詩」を約五百五十篇ものこしています。これらもまたすぐれたものが多く、その詩が知られるきっかけとなれば嬉しいな、と思いました。よって、本書は作家・新美南吉の「詩人」としての側面に主に光をあてています。第一章に、南吉の生涯と折々に書かれた「詩」や文章、手紙や日記の言葉を紹介するとともに、ゆかりの地を探訪する「南吉のふるさと文学散歩」、二章に「作品」(詩と詩情豊かな幼年童話)、三章に主宰する「詩の読書会〈ポエトリーカフェ・新美南吉篇〉」の様子を収録し、構成しました。

それでは、「詩」でたどる新美南吉の生涯とふるさと。ともに歩いてみましょう。

人間に生れてしまったけれど——新美南吉の詩を歩く　目次

はじめに……1

第一章　新美南吉の生涯と〈ふるさと文学散歩〉……13

i　幼少期から小学校卒業まで（一九一三〜一九二六）……14

ii　中学校入学から代用教員時代まで（一九二六〜一九三一）……22

◆ふるさと文学散歩1……30
生家・養家・小学校・矢勝川・権現山・中学校・南吉の墓（半田市周辺）

iii　上京時代（一九三一〜一九三六）……38

iv　失意の帰郷と河和の小学校代用教員時代（一九三六〜一九三七）……58

◆ふるさと文学散歩2……69
名鉄河和線・河和小学校・三河湾（知多郡美浜町周辺）

v　杉治商会勤務時代（一九三七〜一九三八）……72

◆ふるさと文学散歩3……82
杉治商会周辺（半田市鴉根町周辺・港町）

vi　安城高等女学校勤務時代と南吉の最期（一九三八〜一九四三）……85

◆ふるさと文学散歩4……110
高等女学校・下宿先（安城市桜町・新田町出郷）
新美南吉記念館探訪……112

第二章　詩と幼年童話……119

〈詩〉
i　白紙の子どもたち……120
ひかる／雨の音／道／球根《たま》／月は／雨蛙に寄せる／貝殻
ii　生きる道……125
詩人／神／秋陽／墓碑銘／〈無題〉大人が／春風／手／工房
iii　喜びかなしみのかなたに……136
花／小さな星／寓話／支那漢口へ移つてゆく子に／木／お伽噺
〈幼年童話〉
里の春、山の春……144
こぞうさんの　おきょう……146

がちょうの　たんじょうび……149
去年の木……152
二ひきの蛙《かえる》……154
でんでんむしの　かなしみ……158

第三章　南吉の詩を読む
ポエトリーカフェ・新美南吉篇　開催記録……161
おわりに……176
新美南吉　略年譜
表記について
参考文献
詩・幼年童話　索引

人間に生れてしまったけれど——新美南吉の詩を歩く

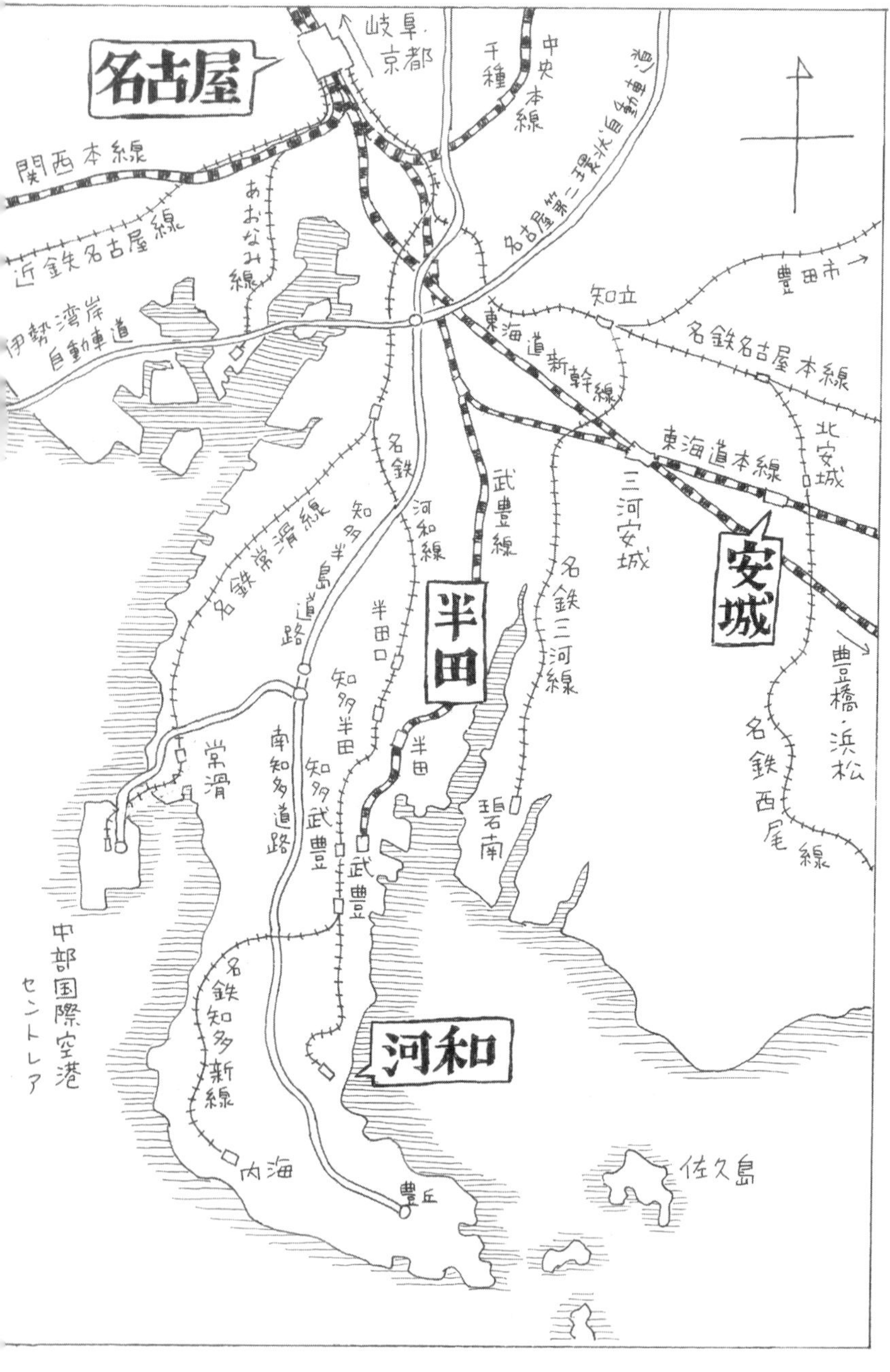
名古屋
岐阜・京都
千種
中央本線
名古屋第二環状自動車道
関西本線
近鉄名古屋線
あおなみ線
伊勢湾岸自動車道
豊田市→
知立
東海道新幹線
名鉄名古屋本線
東海道本線
北安城
三河安城
安城
豊橋・浜松
名鉄
河和線
武豊線
名鉄常滑線
知多半島道路
半田口
半田
名鉄三河線
常滑
知多半田
半田
碧南
名鉄西尾線
南知多道路
知多武豊
武豊
中部国際空港セントレア
名鉄知多新線
河和
内海
豊丘
佐久島

第一章　新美南吉の生涯と〈ふるさと文学散歩〉

i　幼少期から小学校卒業まで（一九一三〜一九二六）

新美南吉は一九一三（大正二）年七月三十日、愛知県知多郡半田町（現・半田市）岩滑に渡辺家の次男として生まれました。父の渡辺多蔵《たぞう》は岩滑新田の農家の三男。小学校を出てすぐに常滑《とこなめ》の畳屋の小僧として三年の年季を果たし、一人前の畳職人となって帰郷、岩滑に畳屋を開業し、同じく岩滑新田に住む富農の娘・りゑと結婚します。南吉の本名は正八《しょうはち》。生後すぐに亡くなった長男の正八と同じ名をつけたのは「二人分の知恵と元気な体をもつように」という父の強い願いからでした。

実母・りゑの早逝と継母・志ん

南吉を産んでからの母・りゑは病気がちで、遠方に入院したこともあり、幼い南吉は母に甘えることができませんでした。そして、南吉四歳のとき、りゑは二十九歳の若さで亡くなります。しっかりと甘えた記憶もないままの母との訣別はどんなにかさびしかったことでしょう。この頃、多蔵の仕事は忙しく、近所の年長の小学生・森はやみに南吉の子守を頼むことがしばしばありました。初めは無口だった南吉も慣れてくると「はやみちゃ、はやみちゃ」とはやみが学校から戻るのを心待ちにしました。彼女の作る食事をむしゃむしゃたいらげ、絵本の朗読に聞き入り、何べんも読んでもらいながら、「これは何だ、あれは何だ」と質問攻めにしたあげく、すっかり絵本のすじを覚えて、はやみに話して聞かせたりもしました。はやみの兄はそんな南吉をみて「あんな頭のいい子は、将来えらいもんになるぞ」と語っています。この頃から、南吉は物語の理解や暗誦に強い興味をいだき、作家としての片鱗を早くものぞかせています。

一九一八（大正七）年、第一次世界大戦の好景気下で需要のふえた多蔵の畳屋は多忙をきわめ、家に志んという女性がやってきて、畳屋の隣に下駄屋を始めます。再婚した多蔵と志んのあいだには異母弟の益吉《ますきち》も誕生。南吉の継母となった志んは気立てもよく働き者で、実の子ではない南吉に対しても、わが子同様に接しましたが、やはり南吉は素直に甘えることがむずかしかったようです。南吉はこの弟、益吉をたいそうかわいがり、よく面倒をみました。

養家での孤独

南吉が知多郡半田第二尋常小学校（現・半田市立岩滑小学校）に入学し、二年生の夏休みに入った一九二一（大正十）年の七月。実母・りゑの実家である新美家が叔父の鎌治郎が亡くなったことで、家に祖母・志も（りゑと鎌治郎の継母）の一人きりとなってしまい、両親の話し合いの末、南吉は新美家に養子に出されることになります（本名は新美正八となる）。

そのときのようすは「常夜灯の下で」という作品にえがかれています。

「常夜灯の下で遊んでゐるところへ、母が呼びに来て家につれられて帰ると、初といふ人が私を待つてゐた。少しの酒と鰯の煮たのとでささやかな儀式がすんで、私は新しい着物を着せられ、初といふ人につれられて、隣村のおばあさんの家に養子にいつたのだつた。

九つだつたか、十だつたか。

おばあさんの家は村の一番北にあつて、背戸には深い竹藪があり、前には広い庭と畑があり、右隣は半町も距たつてをり、左隣だけは軒を接してゐた。そのやうな寂しい所にあつて、家はがらんとして大きく、背戸には錠の錆びた倉が立ち、倉の横にはいつの頃からあつたとも知れない古色蒼然たる山桃の木が、倉の屋根と母屋の屋根の上におほひかむさり、背戸口を出たところには、中が真暗な車井戸があつた」（全集第七巻）

いきなり家族から離れることになった南吉は、がらんと大きく暗い養家での祖母と二人きりの生活になかなか慣れることができませんでした。この頃、やり場のないさびしさと憤りで情緒不安定になっていた南吉が学校帰りに上級生にいじめられ、近所の子と矢勝川堤を帰ってくるというできごとがありました。

喧嘩《けんか》に負けて

喧嘩に負けてとぼとぼと
帰る悲しい砂の丘――
怒つた後の淋しさは
長があい細い影までが
しくしく泣いてゐるやうな

あいつの怒つたあの顔が
目先にちらちら浮いて出て
あいつにはられた両頬が
冷たい風にちかちかと

あいつがあいつが悪いのだ――
とぼとぼ帰る夕空を
小鳥が一羽ちいちいと

淋しい悲しい啼声で

喧嘩に負けてとぼとぼと
帰る悲しい砂の丘——
怒つた後の淋しさは
長があい細い影までが
しくしく泣いてゐる様な

（一九二八年）

のちの中学生時に南吉はこんな詩を書いていますが、このときの消沈した気持ちが立ちあがってくるようです。ちなみにこの喧嘩のあと、祖母は近所の子らに菓子を与え、南吉との交遊を頼んだりとやさしい一面をのぞかせています。けれども、小さな孫との二人きりの生活は子を育てた経験のない祖母にとってもなかなかに困難なものでした。たびたび癇癪を起こす南吉に手を焼いた祖母は、十二月には南吉を新美姓のまま家に帰しました。そうして再び、南吉は実家の渡辺家から小学校に通うこととなります。

実母との死別、継母に育てられたこと、養子に出されたこと——幼い日々に感じたさびしさとかなしみ。このときの疎外感や孤独感は幼い南吉の心に深い影を落としました。

仲間はづれの

仲間はづれの
小さい子が
じぶんのうちの
　背戸口で
貝殻笛を吹くやうに
私は
げんじつを逃げて来て
こころの裏口で
詩をあそぶ

（一九三九年）

晩年に書かれたこの詩には、現実を逃げ、心の裏口で「詩をあそぶ」子どもの姿がえがかれていますが、これは不幸なことだったのでしょうか。作家を志す南吉としては、孤独の内で、やがて詩を友とできたことを、どこか幸いに思うような気持ちさえ、あったのかもしれません。

天国

おかあさんたちは
みんな一つの、天国をもっています。
どのおかあさんも
どのおかあさんももっています。
それはやさしい背中です。
どのおかあさんの背中でも
赤ちゃんが眠ったことがありました。
背中はあっちこっちにゆれました。
子どもたちは
おかあさんの背中を

ほんとの天国だと思っていました。
おかあさんたちは
みんな一つの、天国をもっています。

（制作年不詳）

子どもが母親に全面的に愛される心地とはいったいどんなものなのだろう。南吉はそれを「天国」と表現しました。母の愛を希求する心や、家族間の親密で安らかな情愛は、童話や詩などの南吉作品にたびたびえがかれる重要なテーマの一つとなっています。

卒業記念写真（児童最後列の左から3人目）

小学校時代の南吉はひょろっとした痩せ型で、友人たちには正八をもじり「ショッパ」と呼ばれていました。クラスでは無口で目立たぬタイプでしたが、成績は極めて優秀で知多郡長賞を二度にわたって受賞しており、とくにその文才には先生を驚かせるものがありました。たとえば、南吉が小学三年時に「綴方帳」に書いた作文「冬が来た」（全集第十巻）は台詞をおりまぜ、生き生きと冬の木々を描写したもので、「よく書けた。面白く先生はよみました。この分で行けば小説家ですよ。」という先生の評が記されています。「この分で行けば小説家」この一言が南吉少年の胸をどれだけ躍らせたことでしょう。そして、五、六年生の二年間を担任した伊藤仲治先生に、卒業式に答辞を読むよう頼まれた南吉ははりきって原稿をしあげます。「たんぽぽのいく日踏まれて今日の花」という句を入れた、卒業式の日に南吉の読んだ答辞は先生や列席者たちを驚かせ、大いに感心させました。

ii　中学校入学から代用教員時代まで（一九二六〜一九三一）

波乱の中学校入学

優秀な成績で小学校を卒業した南吉は、一九二六（大正十五）年四月、半田中学校（現・県立半田高等学校）に入学します。これは、当時としては驚くべきことでした。以前より繁盛していたとはいえ、貧しい畳屋の息子が中学校に進学するなど考えられないような時代だったのです。南吉の同級生のほとんどが二年制の高等科へ進むか、働きに出るかのどちらかというなか、両親は南吉の中学入学に難色を示していました。周囲に白眼視されたり、陰口をいわれたりするのをおそれる気持ちもあったようです。その頃の両親のようすがしれるような、南吉のこんな断章があります。

——何をこくだ、と父の声がいつてゐる。家の貧乏なことがわからぬか。

——貧乏で子供を中学校へなんかやるのが間違つてゐるわいのい。母のヒステリカルなふてた声が刺すやうにしてゐる。

——ぢやあ、やめさせれ。

——お前さんがやつたんぢやないか。

——ぢやあ、やめさせる！

——ようやめさせるもんか。今までに何遍全《おな》じことをいつただか分らんに。

——……

——やめさせるといふなら本当にやめさせるがええだ。男ぢやないか。

僕は机の上をはつてゐる萌黄《もえぎ》色の昆虫を爪の先でぷつんと潰す。

（「断簡——何をこくだ、」より 全集第七巻）

頑な両親の心をやわらげたのは、渡辺家へ幾度も足を運んだ担任の伊藤先生の説得や、竹内惣九郎《そうくろう》校長先生の働きかけによるものでした。成績も優秀で非凡な文才を持つ南吉を何としてでも中学へ進学させるべきだ、という先生方の強い思いと、孫の将来を案じる新美家の祖母の学費援助とで、ようやくのことで南吉の中学進学は決まりました。けれども、周りは裕福な家の出の子ばかりで、南吉は引け目を感じることもあったようです。

湧きおこる創作意欲

母方の親類に俳人のいたこともあり、南吉は一九二七（昭和二）年の中学二年生頃から、文学創作に力を入れ始めます。ひよわで痩身、運動も苦手だった南吉が誰よりも自分の才能を発揮できると見込んだ分野が「文学」であったのでしょう。そして、翌一九二八（昭和三）年には「闇黒《あんこく》の中に／一点の光を見つけると、／その中から／何か詩趣を見出さなければ／おかない俺だ。」と、天地の間から詩趣を見出さずにはおれぬ「馬鹿げた男」＝「自分」について語る「詩人」という詩も書いています。芸術に夢中になった愚かな先人として、西行、良寛、芭蕉などの名を出していることにも驚きますが、このとき、南吉は十五歳。過剰ともいえる自信とみなぎる気迫が感じとれます。

この頃、南吉は自身の童謡童話集の出版の構想を思い立っていましたが、一九二九（昭和四）年一月の日記には北原白秋《はくしゅう》についてこんな記載があります。

「梶田に借りた白秋の童謡集を読むだ。そして、白秋に感服した。実は今まで、少々軽蔑してゐたのである。この一冊の集の中から、大に得るものが有ったのは嬉しい。集の中の、「雨がふります、雨がふる。云々」の童謡は、余が尋常三年の時、坂田總香と云ふ先生に教はったものである」（全集第十巻）

作家をめざす南吉の意識のなかで、北原白秋という詩人の名が強く胸に刻まれた瞬間でした。父親の仕事の手伝いや生活雑事をこなし、多くの文学書を読破しながら、創作が熱をおびたのは、一九二九年のこと。この年の成果はめざましく、童謡・童話・詩・小説併せて百八十作品ほどを書きました。またできた作品を弟の益吉に読んで聞かせたり、朗読会や学校などで朗読してみせることもしばしばありました。この年、南吉は小学生時代から手にとることも多く、影響をうけていた児童文学雑誌「赤い鳥」の休刊の報を知り、落胆します。おそらく作家になる足がかりとして「赤い鳥」への投稿もその一つと考えていたのでしょう。

この年の南吉は「良国民」「緑草」「少年倶楽部」などにさかんに作品を投稿し、岩滑の有志らとガリ版刷りの同人文芸誌「オリオン」を再刊するなど、外部へむけて活発に活動していきます。初めて「新美南吉」というペンネームを使ったのもこのときです。一九二九年一月の日記には「余の一生の運命は定まつた。小学教員で余は一生を了るのか。余の理想は、希望は大芸術家だったのだ」（全集第十巻）と記しています。南吉が文学に夢中になっていることを懸念した父は「貴様は小学教員で了れば好い」「小説を止めろ！」（全集第十巻）などと南吉に言うのですが、こんなにも燃えさかる心をどうしてとめられるでしょうか。また毎年、半田中学校で教師や生徒らの作品を収録し、発行していた「柊陵《しゅうりょう》」という校友会誌にも多くの南吉の作品が掲載されました。

代用教員時代

一九三一（昭和六）年、優秀な成績で半田中学校を卒業した南吉は岡崎師範学校を受験します。小学校の教員になって早く安定した生活の土台を築いてほしい、という父の願いをうけてのことでしたが、身体検査で不合格となり進学を諦めることを余儀なくされます。この先の進路に悩み、小学校時の担任だった伊藤先生に就職の相談にいったところ、母校の半田第二尋常小学校に教員の欠員があり、伊藤先生の尽力により、臨時の代用教員に採用が決まりました。たちどころに就職の決まったことに父は大喜び。南吉の初出勤のために父が買ってきた中折れ帽子をかむって、四月、南吉の初めての教員生活の一ページが開かれました。「代用教員の日記」（全集第十巻）には誇らしげで照れくさく、それでもときめく気持ちの抑えきれぬ心境が記されていますが、多くの子どもたちに接した印象を南吉はこんなふうに記しています。

「児童達は、白紙だ。何物も心にかまへてゐなくて、新しく来た私に接してくれる。まつたくうれしい。中学校とはてんで違ふのである」

親友らと卒業の記念に（右端が南吉）

くもりのない心で南吉をみつめる子どもたちの目に、教師としての責任と自覚に背筋を伸ばす姿が浮かんでくるようです。

「赤い鳥」の常連に

この頃、南吉は児童文学雑誌「赤い鳥」の復刊を知り、作品の投稿を始めていたのですが、一九三一年五月号に北原白秋の選で詩「窓」が初めて入選、掲載されます。そして、七月号に入選、掲載された「ひる」以降は毎月のように掲載され、筆名として使った「新美南吉」の名もこの年から定着するようになります。

窓

窓をあければ
風がくる、風がくる。
　光つた風がふいてくる。

窓をあければ
こゑがくる、こゑがくる。
　遠い子どものこゑがくる。

窓をあければ
空がくる、空がくる。
　こはくのやうな空がくる。

窓をあければ、やってくる光った風、子どもの声、こはくのような空。純真な子どもたちにふれ、南吉のなかの「童心」が目覚めたのでしょうか。この「窓」がほかならぬ北原白秋の選で掲載されたことは、どれだけ南吉の励みになったことでしょう。また挿絵に重点を置いていた児童雑誌「コドモノクニ」においても、特選で入選した南吉の童謡「風」が美しい挿絵とともに掲載されました。この特選の報をうけた南吉の当時の日記にこんな記載があります。

「うれしくて、眼がぼうとした。（略）紳士たちは、この

「赤い鳥」創刊号

貧しい中折の私を、どこぞの給仕ぐらいに思つてゆくだらうが、私は天才なんだ。非凡人なんだ。私は、ぬすみ笑ひがしたい様にうれしかつた」（全集第十巻）

のちに南吉の代表作となる童話「ごん狐」もこの年に書かれています。ちなみに「赤い鳥」の童謡・童詩欄の選者は一九三三年四月号まで一貫して北原白秋でしたが、鈴木三重吉《みえきち》選の童話でも「正坊とクロ」「張紅倫」「ごん狐」「のら犬」が入選し、一九三一年から三二年の約二年間に童謡・童詩が二十三篇、童話は四篇が採用されました。

恋人との交流

一九二九年の日記に「我がヴィナス」として登場している初恋の人・木本咸子《みなこ》との関係がこの頃、親密になっており、一九三一年七月に小学校で開催された学芸会を彼女はこっそり見に来ています。南吉はこの会で創作劇「お母さんにはぐれた狸の子」の脚本を担当し、優秀な生徒だけではなく、クラス全員が出演できるように配慮し、見に来ていた保護者らも大いに喜んだそうです。このとき南吉はピアノの演奏を行ったのですが、恋人の手前であがって、少し演奏をとちってしまったりと微笑ましい一面をのぞかせています。南吉は代用教員任期の五カ月のあいだ、小学校二年生五十九名を担任しました。

南吉の生家・養家・小学校・矢勝川・権現山・中学校・南吉の墓《愛知県半田市周辺》

半田市岩滑にある南吉の生家・渡辺家。南吉の生まれ育った岩滑の家は半島を縦断する街道と横断する大野（黒鍬《くろくわ》）街道の交差する場所に位置している。

下駄屋

畳屋

正面からみると、右が父・多蔵の畳屋、左が母・志んの下駄屋。

物置場

居間

勝手場

階段

奥に居間が二つと藁置き場、畳を作る作業道具なども陳列され、階段をおりると、勝手場、物置場がある。傾斜地に建ち、表からは平屋に見え、裏からみると二階建て（畳屋・下駄屋は二階部分）というふしぎな構造で、家族の誰が何をしているのかが分かり、会話も聞こえただろうと察せられる。

ここにしばらく居たら、往来する人々を眺め、父の畳作りを手伝ったり、晩年に病のなかで創作にあたった南吉の姿がありありと想起された。

この生家は久しく人手にわたっていて損傷の激しかったものを半田市が買い戻し、取りこわしをへて、当時のようすに復元した。1987 年から公開されている。

幼少の南吉がよく遊んだ、家の向かいの常夜灯。1808（文化５）年に建立されたもの。童話「花を埋める」などにも登場。常夜灯下部の石段部分には子どもたちが「草つき」をして遊んだ穴がある。見ているとほのぼの温かな気持ちに包まれた。

南吉が５カ月ほど住んだ、岩滑新田にある養家の新美家。南吉の実母・りゑの生家で裕福な農家だったことをうかがわせる堂々とした造り。いまでは希少な茅葺き屋根で、江戸時代後期の建築と推定される。
岩滑の生家から、矢勝川に沿うような形で畑をよこぎり、さびしい道を歩いてゆくとこの養家に着くのだが、大人の足でも30分はかかる。家族とはなれ、この家でおばあさんと二人で暮らしていたんだな、と思うと南吉の心情がほんの少しわかるような気がした。
（公益財団法人かみや美術館分館、内部見学要予約 0569-29-2626）

現・岩滑小学校。南吉の母校の小学校（半田第二尋常小学校）。のちに代用教員としても勤務した。「ごんぎつねが生まれた岩滑小学校」という狐のイラストつき緑の看板が飾られていた。また小学校の北壁が水色の背景に赤い彼岸花がたくさんあしらわれており、とてもうつくしい（新美南吉生誕110年を機に、半田市観光協会の計らいで始まった「みんなの南吉さんストリートプロジェクト」の一環だそう）。

「ごんぎつねが生まれた
岩滑小学校」

岩滑の北を流れる矢勝川。秋にはこの川沿いに植わった三百万本の彼岸花が咲き誇り、岩滑の里をはなやかに彩る。

童話「ごん狐」にも兵十がウナギをとった川として登場しており、幼い南吉の心をなぐさめた原風景の一つである。

矢勝川沿いのベンチ、かたわらの「ごん」がねぐらの権現山を見つめる。川でひなたぼっこをする亀たち。

川でしばらく釣りをしてみたのだが、なにも釣れず。春の泥のなかにぬるりと光るナマズの腹を見た。

矢勝川

矢勝川からのぞむ権現山と「ごん」

ひなたぼっこする亀

知多郡阿久比町にある小山の権現山。生家からだと矢勝川の反対側に位置しており、昔はここに狐が多く生息していたという。地元の人々のあいだでは「ごん狐」の「ごん」の住んだ里とされ、その名の由来ともいわれている。

山の石段をのぼってゆくと、素戔嗚尊《すさのおのみこと》が御祭神の五郷社（旧・権現社）が鎮座している。あちこちに狐をかたどった石像や「ごんげん山のごんぎつね」と記された石碑などがあり、散策していると、そぼくに心が踊った。

権現山（阿久比町）

石碑

五郷社

現・半田高等学校。南吉の母校の中学校（旧制半田中学校）。知多郡で唯一の旧制中学校で優秀な生徒たちが多く集まった。南吉は２年生時から文学創作を始め、多くの詩や童話を在学中に書いている。またこの学校のサンクチュアリである「柊陵会館」の西から南にかけ、美しい庭園がある。奥まった場所に建てられた、南吉の記念碑には「今から何百何千年後でも、若し余の作品が、認められるなら、余は、其処に再び生きる事が出来る」（中学３年時の３月の日記）という一節も。

北谷墓地内にある南吉の墓。1960 年に遺族によって建てられた。墓地の入口には「ごん狐」に登場する六地蔵がある。なかへ入ると広大な敷地に多くのお墓があり「南吉のお墓はどこだろう」としばし彷徨したが、同行のカイズ氏がひょっこり「南吉の墓」道標を見つけ、たどりつくことができた。お墓参りをし、南吉さんと静かに心で対話した。帰りぎわに世にも大きなキリギリスに会う。

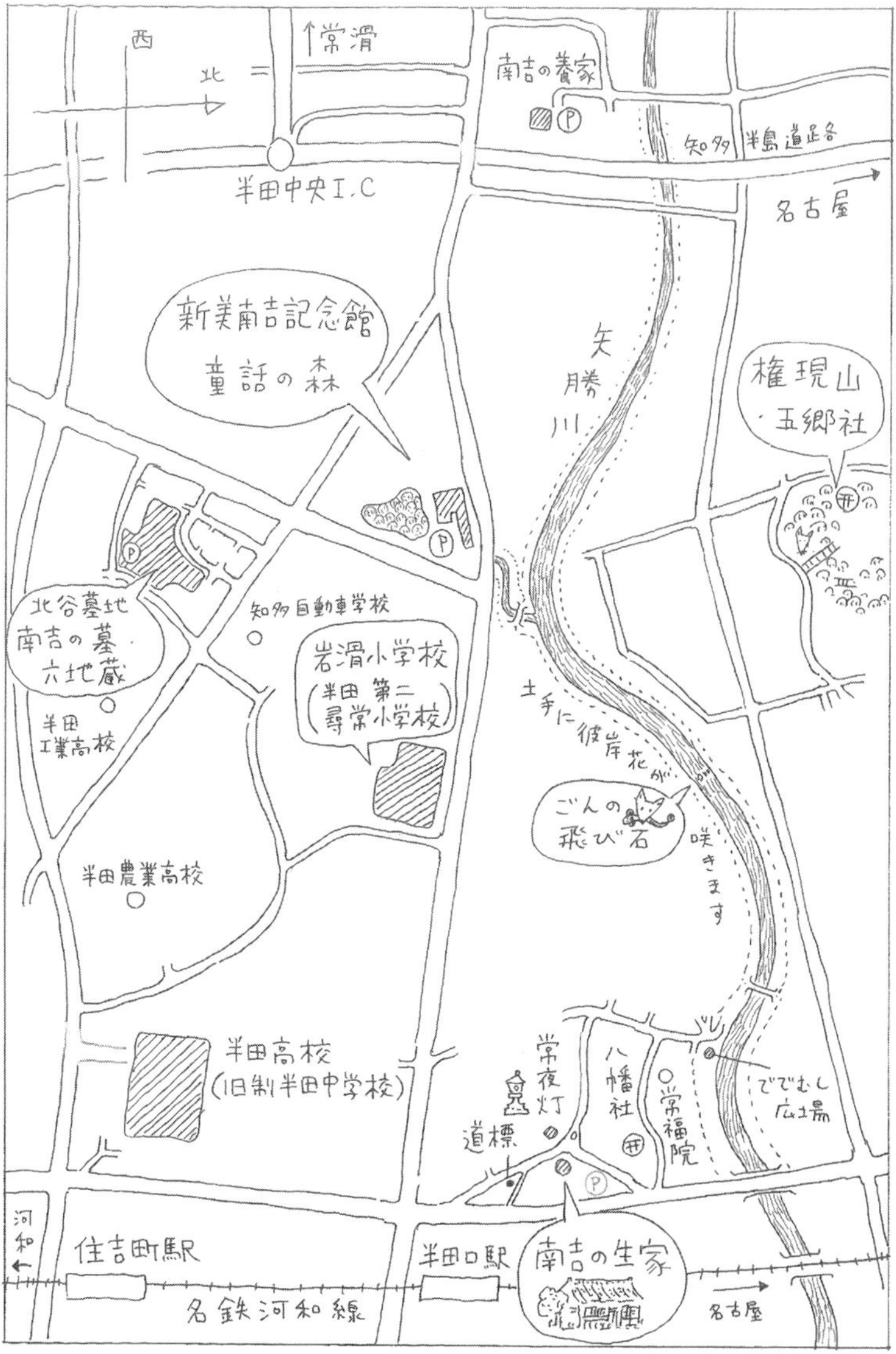

西
北
↑常滑
南吉の養家
知多半島道路
半田中央I.C
名古屋
新美南吉記念館
童話の森
矢勝川
権現山
五郷社
北谷墓地
南吉の墓
六地蔵
知多自動車学校
岩滑小学校
(半田第二尋常小学校)
半田工業高校
土手に彼岸花が咲きます
ごんの飛び石
半田農業高校
半田高校
(旧制半田中学校)
常夜灯
八幡社
常福院
でんでむし広場
道標
河和
住吉町駅
半田口駅
南吉の生家
名鉄河和線
名古屋

iii　上京時代（一九三一〜一九三六）

一九三一（昭和六）年九月、五カ月の代用教員の任期を終えた南吉は、北原白秋の指導下で巽《たつみ》聖歌《せいか》と与田準一《よだじゅんいち》が発刊した童謡同人誌「チチノキ」の同人となるため、東京へ会費をおくります。文学者となる足がかりを模索中だった南吉は、巽聖歌と与田準一の名を「赤い鳥」誌上にて敬愛とともに知っており、かれらもまた才能あふるる若き南吉に興味津々でした。東京の聖歌と文通を重ねるうちに、南吉は東京師範学校の受験と上京の意思を固めます。そして、十二月二十日に汽車で上京、世田谷区下北沢の聖歌宅を訪ね、年をまたいで十日あまり滞在します。受験は二十六日からでしたが、その前後に聖歌、柴野民三《たみぞう》の案内で神楽坂、神田、銀座、新宿などを周遊し、初めての東京の風景や空気に心躍らせます。また、このとき聖歌に伴われ、砧《きぬた》の白秋宅を訪ねており、憧れの先生に会えた感激を、帰郷してから書いた白秋宛の礼状にこんなふうに記しています。

「拝啓

うれしくてうれしくて、故郷に帰つた今、また砧村の先生のお宅でお目にかかつた時のことをくり返しくり返し思つてゐます。

巽さんが、「明後日の晩先生の所へつれてつてあげよう」と仰有つた時、僕は、「せんえつだから」と辞退しましたけれど、ほんとうは、つれてつて頂きたくてたまらないのでした。だから、「つれてつてあげるよ」とはつきり云つて下さつた時、うれしくてぞくぞくしました。そして、先生のお宅にあがつてから、先生が、僕を「新美君」と仰有つたときも、うれしくて、返事も出来ないほどでした。

先生は、巽さんを「巽」とお呼びになつたと思ひます。与田さんも、「与田」とお呼びになるでせう。僕も「新美君」でなくて、「新美」と呼ばれる様に、努力しようと思つてゐます。

先生、短冊も、有難うございました。みんなうれしい事ばつかりです。

砧村の夜の印象は、星と、白菜畑と木冊《ママ》とでした。

先生のお健康を祈りつつ
先生のお厚情に感謝しつつ
七年一月三日

愛知県半田町岩滑
新美南吉

白秋先生」

（遠山光嗣 新資料紹介「その日その日Ⅱ」／「新美南吉記念館 研究紀要」第9号）

読書をする南吉

十八歳の南吉のこのはずむ嬉しさが全開の文面といったらどうでしょう。小学校の教科書でその詩に感銘をうけ、「赤い鳥」の童詩・童謡投稿欄の選者としても自分に目をかけてくれた大詩人の北原白秋に実際に会えるなど、夢心地だったに違いありません。東京師範学校の受験は不合格となりましたが、年明けに帰郷して両親より上京と進学の許しをえた南吉は、聖歌の勧めもあり、東京外国語学校（現・東京外国語大学）英語部文科の受験に挑み、見事合格を果たします。南吉の代表作となった童話「ごん狐」もこの年の始めに「赤い鳥」昭和七年一月号に掲載されており、意気揚々といった心持ちでした。

東京外国語学校時代

一九三二（昭和七）年四月より、晴れて東京外国語学校の学生となった南吉は、勉学に励みながら、文学創作に打ち込む日々をおくるようになります。集中してみっちり英語の授業を受け、原典で英米文学にふれ、翻訳にも挑戦する日々は南吉にとって濃厚な学びのときとなりました。

南吉は中野区上高田の聖歌宅に仮寓したのち、学生寮に移り、のちに新井薬師《あらいやくし》の川村宅の下宿（南吉記念館に下宿の再現部屋あり）より通学を続けますが、住んだのはいずれも中野区内でした。この四年にわたる学生生活は南吉を大きく成長させました。この年には、南吉の詩、童話が数多く「赤い鳥」に掲載されていますが、その内の二篇を紹介しましょう。

熊

熊は月夜に声きいた。
どこか遠くでよんでゐた。

熊はむくりと起きて来た。
檻の鉄棒ひえてゐた。

熊は耳をばすましてた。
アイヌのやうな声だつた。

熊は故郷を思つてた。
落葉松林《からまつばやし》を思つてた。

熊はおおんとほえてみた。
どこか遠くで、
こだました。

（一九三二年八月号「赤い鳥」掲載「東京市外野方町上高田二八五 新美南吉」の名で投稿）

月夜に遠くから自分を呼ぶ声を聴いて、耳を澄ませる熊がそれに応えるようすがえがかれていますが、南吉は、この熊に自身の境遇を重ね合わせているようです。

この頃の作品を見ると、子らの遊ぶ風景や、南吉自身の幼少の記憶、ふるさとへの郷愁のにじむものが多く見受けられます。生れ育った半田岩滑から初めて遠く離れて、慣れぬ東京で暮らすなかで、南吉はよりいっそう郷里の自然や温もりを自身の一部として強く自覚したのではないでしょうか。故郷を懐かしみ、恋しく思う気持ち。この孤独な熊の「おおん」という声の根底に、田舎の風景を胸に抱きながら自己の芸術を俺は生み出してゆくんだという、秘めた意志が感じられます。

明日《あした》

花園みたいにまつてゐる。
祭みたいにまつてゐる。
明日がみんなをまつてゐる。

草の芽、
あめ牛、てんと虫。
明日はみんなをまつてゐる。

明日はさなぎが蝶になる。
明日はつぼみが花になる。
明日は卵がひなになる。

明日はみんなをまつてゐる。

泉のやうにわいてゐる。
らんぷのやうに点《とも》つてる。

（一九三二年十月号「赤い鳥」掲載「東京府下野方町上高田二八五　新美南吉」の名で投稿）

すでに活躍している偉大な作家たちとも交流を始めた今、ひたむきに創作をつづける自分にも、文学者として名を馳せられる「明日」がやってくるのだろうか。さなぎは蝶になり、つぼみは花に、卵はひなにかえるという自然の摂理。もし自分が文学者になることが天の定めであるならば、その日はきっとくるはずだと、逡巡する暗い胸の内にランプのようにともる光に願いを託す、青年南吉の姿が浮かんでくるようです。

「赤い鳥」「チチノキ」の休刊

上京以来、南吉の作品が主に掲載されていたのは「赤い鳥」「チチノキ」の二誌でした。しかし、「赤い鳥」主宰の鈴木三重吉と投稿欄の選者をつとめていた北原白秋が志向の違いから決裂し、白秋が「赤い鳥」を去ったことにより、聖歌など白秋門下の作家たちも「赤い鳥」から去り、南吉も一九三三（昭和八）年の四月号の作品掲載を最後に投稿をやめることを決断します。また「チチノキ」もこの年より、休刊状態になり、南吉は重要な作品発表の場を失います。

この頃の南吉は聖歌と与田凖一らとの交流を密にしており、若手の詩人らのなかでも目立つ存在となっていました。そこで南吉は新たな活路を見いだそうと、仲間たちと童謡同人誌の創刊を企画します。けれども、一九三三年の暮れに聖歌とともに会った白秋より「時期尚早である」との忠告をうけ、これを諦めます。たける思いの出鼻をくじかれた南吉でしたが、創作の熱はやまず、すぐに童話「手袋を買いに」を書き上げました。発表の場を奪われようと、陽のあたる場所をもとめて創作をつづける南吉の不屈な思いが垣間見えます。

幼年童話の創作

一九三一年に「赤い鳥」に初掲載された詩「窓」を皮切りに、上京してからの南吉はじつに旺盛な作品創作を展開しました。そんな南吉の作品の素質をみた巽聖歌が一九三五（昭和十）年前後、幼年童話の創作を南吉に勧めました。聖歌の紹介で、精文館の児童雑誌「カシコイ一年小学生」、「カシコイ二年小学生」に一九三三年から一九三五年にかけて、「ウラレテ　イッタクツ」、「アメダマ」をはじめ六篇の童話が掲載され、原稿料も支払われました。さらに聖歌の働きかけにより、精文館より南吉の幼年童話を刊行するという話も出て、南吉は一九三五年五月に集中的にこの創作にあたり、二十日ほどで二十数篇を書いています。この月に書かれたものとしては「デンデンムシノ　カナシミ」「ニヒキ　ノ　カヘル」「サト　ノ　ハル、ヤマ　ノハル」「キヨネン　ノ　キ」「ガチヨウノ　タンジヨウビ」などがあげられます。

けれども、やはり無名の新人の作品集を出すのは難しいと刊行は見送られてしまいました。今のこっている約五十篇の幼年童話は主に、一九三一年から一九三六年の間に書かれたものですが、これらの作品を見てゆくと、千字に満たない短いお話の中に南吉のさまざまな価値観や思想が色濃く反映されていることと、立ちのぼる詩情に圧倒されます。

恋人との訣別

東京生活での無理がたたったのか、一九三四（昭和九）年の二月に南吉は初めての喀血をしました。その頃書かれた日記にはこんな記述があります。「俺は何と不幸の時代に生をうけたことか。若《も》しも俺がもう十年先に生まれていたら、学校を出た俺は易々として職についていたであろうものを。妻をもち、子を持ち、まどかな家庭を作っていたであろうものを」（二月十三日、大石源三『ごんぎつねのふるさと』）

半田中学の頃から思いを寄せ、代用教員時代より交際していた恋人の木本咸子からの結婚の希望について、愛する恋人を幸せにできるのか楽観的な見通しが持てずに七月、それを諦めるように彼女を説得します。けれど、彼女の意志は固く、やがて、南吉も彼女と結婚する未来を思い描くようになってゆきます。そんななか、翌一九三五年の八月に咸子は南吉の先輩でもある地元の素封家の長男との婚約が成立し、南吉にとってはつらい別れが訪れます。このときの悲嘆や失望感は、詩「去りゆく人に」「墓碑銘」「わが靴の破れたるごとく」などにうかがえます。

去りゆく人に

お前と二人で建てた
丘の上の二人の家を
壊してしまはう

美しい台所も
心地よい居間も
陽のあたるテラスも
壊してしまはう

（略）

おお、みんな
お前と二人で描いてゐたすべてを
捨ててしまはう

そして最後に
二人で長い間保つて来た
二人の間の小さな灯を——
お前の掌とわたしの掌で
囲つて来たこのなつかしい一つの灯を
そつと吹きけさう
そつと吹きけしてしまはう。

（一九三五年八月三十日）

南吉が結婚まで決意した女性との別れ。それは、もしこの人とこのまま一緒になれたら、と思いえがいていたすべてを捨て去ることでもありました。貧しい学生の身で都会で病気になり、彼女を愛する気持ちと将来への不安、立派な文学者になる夢を捨てきれぬ自分との葛藤のなかで、南吉は何がおのれにとって最も大切なものなのかを幾度、問い直したことでしょう。そして、選んだのが、作家になる夢を諦めずに生きていく、ということでした。自棄の心に呑み込まれそうになりつつも、この二カ月後には、こんな詩を書いています。

父

わが父は　われを棄てしをみなが
嫁ぎゆく地主の家の
畳縫ひたまふ
なりはいなれば　寒き夜を
ともしびかかげ
力をこめて　ひたに
縫ひたまふ
わが子は貧しきが故に
見棄てられしと思はば
父の口惜しさいかばかりならむ
されど父よ

人な恨みそ
まことはわれのかのをみなを
愛すること少なかりし故ならむ
げに父よ
心して縫ひたまへかし
その青き畳の上に
春立ちかへるころいとなまれん　かの
をみなとかれが夫の生活に
よき日はあれと祈りつつ。

（一九三五年十二月三一日）

息子の別れた彼女の嫁ぎ先の家にすえられる新しい畳をひたむきに縫う父。その父の心情をおしはかりつつ、自分は貧しいから棄てられたわけじゃないよ、きっとその愛が少なかったからなんだよ、とさとすような口ぶりに、自身の痛みよりも他者の痛みに目をむける南吉のやさしいまなざしが見てとれます。また、まっさらの青い畳の上で営まれるであろう、二人の新たな生活が良きものであるように、という願いに自分のもとを離れても彼女には幸せであってほしい、という深い愛情も感じとれます。

巽聖歌との出会い

さて、南吉の名を世間一般に知らしめた児童文学者・巽聖歌とはどのような人物だったのでしょうか。

聖歌は一九〇五（明治三十八）年に岩手に生れ、「赤い鳥」との出会いにより、十代で文学創作に興味を持ちます。十八歳で故郷を離れ、時事新報社の編集記者として働くかたわら、童謡や詩の創作を続け、作品を発表しますが、会社を退職して一旦故郷に戻ります。しかし、創作意欲は衰えることなく、文学活動を続け、聖歌の才能を見込んでいた北原白秋のすすめにより再び上京し、一九二九年に白秋の弟・鉄雄の営む出版社アルスに入社します。そんな折り、同年三月に「赤い鳥」は休刊してしまい、困った聖歌は与田準一らと童謡同人誌「チチノキ」を創刊します。一九三一年九月にこの「チチノキ」へ入会希望の手紙を送ってきたのが、岩滑に住む十八歳の新美南吉でした。聖歌は才能ある若者からの入会希望のたよりに喜び、それに応えるように手紙の返事をしたため、それを受け取った南吉もまた歓喜に打ち震えつつ、返事の手紙を書きました。

「お手紙拝見しました。

「チチノキ」と、あなた方先輩の童謡集の出るのを待っています。与田さん（こんな風におよびしては失礼ですが）の童謡集は、もう出てるんですか。

愛誦十月号で、あなたの御熱心さを見せて頂きました。白秋先生の門に集う方々、チチノキの方々の進出を望んでいます僕ですから、たいへん、うれしく思いました。

私は、こつこつやってるにはやっていますが、入学試験の為の勉強なんかで、あまり進歩もしません。

今年の十二月下旬には、はじめて、上京するつもりです。高等師範の国漢科を受けるんです。こんな機会に、もしあなた方にあえたらよいだろうなと思っています。おあいしたいなと思っています。

私なんかにくだすったお手紙に感謝しつつ。

6・9・18　にいみ南吉拝」


（巽聖歌『新美南吉の手紙とその生涯』）

以来、生涯にわたる聖歌と南吉の互いに親愛の情に満ちた交流が始まるわけですが、聖歌の南吉に向けた慈愛や心配、南吉の才能を世に出すための意欲には並ならぬものがありました。上京してきた南吉の世話をし、かれの作品集を刊行させるために聖歌は熱心に動きました。南吉が病気になり、帰郷してからもその思いが変わることはありませんでした。南吉は生前の一九四二（昭和十七）年に第一童話集『おぢいさんのランプ』を刊行していますが、これも、南吉の生きている内に童話集を出してやりたい、という聖歌の切なる思いの結実でした。存命中は文学者として大きく世に名を馳せることは叶わなかった南吉ですが、かれにとって、自己の才能を確信してくれていた巽聖歌の存在はひとすじの光だったことでしょう。聖歌は、南吉の遺稿をもとにかれの作品をまとめ、戦後のきびしい世情にもめげず、次々に童話集を刊行してゆきました。それらは南吉作品を世に普及してゆくことに大きく貢献しました。

じつは戦後の南吉作品の発表過程において、聖歌はときに文章に修正をほどこすことがあり、研究者などより非難をうけることがありました。けれども、それも南吉より死後の作品の発表を手紙で託された（そこには「文章のいけないところも沢山あると思ひます。できるだけなほして下さい」とあった）自分の責任と思ってのことだったようです。聖歌の死後に編まれた『校定 新美南吉全集』（大日本図書）においては、修正は元に戻され、ほぼ全て原典のまま南吉の作品が収録されています。これを可能としたのもまた、聖歌の手元にきっちりとまとめて管理されていた遺稿や資料（現在は新美南吉記念館が保管）があったからこそでした。童謡詩人として出発し、児童文学の分野で後進を指導し、数多くの児童書も手がけた聖歌の戦後の後半生は、ほぼ南吉の作品紹介にあてられたと言っても過言ではありません。自身の貴重な時間と力を惜しみなく早逝の作家に注いだ巽聖歌という人間に、わたしは改めて畏敬の念をおぼえます。南吉にとって、こんな人物と出会えたこと、そしてかれにその才能を見出されたことは、何より幸運なことの一つであったと思います。

南吉の詩集『墓碑銘』

わたし自身、ほかならぬ聖歌の編集で刊行された詩集『墓碑銘』（一九六二年刊）によって南吉の詩に出会うことができました。これは南吉の名で刊行された初めての単行本の詩集です。聖歌自身も解説に書いていますが、南吉も聖歌に遺稿を託してはみたものの、童話集ならまだしも、詩集まで刊行してくれるとは思ってもみなかったことでしょう。

さらに、この詩集のカバーには「日本の詩が荒廃の極点にあったようなとき、この人は、ひっそりと生きて、石ころの間に混る宝石のように、本当の詩を書いていた。それをまとめて読むことができるのは、読む人の幸福である」（伊藤整《せい》）、「新美南吉の詩作品には、素朴純粋な、そして、強いヒュウマニティがあふれている。それはフルートのような、ハアプのような音楽を奏でて愛《かな》しい。彼の童話作品の傑作も、すべてこの詩精神につらぬかれて光りかがやく。スタイルは一見古風ではあるが、ポエジーの純粋度によってみずみずしい」（草野心平《しんぺい》）と、南吉の詩について名だたる詩人二人の温かな評文までもが寄せられています。

一九三五（昭和十）年十月、上京中の南吉が書いた詩「墓碑銘」。聖歌はその詩をこの詩集の題としましたが、その胸中はいかなるものだったのでしょう。聖歌は、託された南吉の遺稿をまとめて、まず童話集を刊行し、それらが毎日出版文化賞や産経児童出版文化賞を受賞するなど、社会的に大きな評価を得たことに喜びこそすれ、満足はしませんでした。「ところでそうなる（童話作家として評価を受ける）と、わたしはますます慾がふかくなってきた。詩集も出してやりたいし、日記もひのめを見せたい。新美南吉を、児童文学者としてだけではなくて、やはり一般文学者として、正当な評価をあたえてもらいたくなった。これは、自分が児童文学をやっているからの我田引水ではない。児童文学一般のためでもあり、作家を志す人たちへの指針でもある。そしてまた遺稿を托されたわたしの、責任でもあろう。」と『墓碑銘』の解説に聖歌は記しています（（ ）は著者）。

南吉にとっての「墓碑銘」とは自身が心血を注いでつむいだ作品、文章全てでした。遺稿を引き継いだ聖歌は、その「墓碑銘」をできうるかぎり世に伝えることを、自らの使命と考えたのでしょう。

北原白秋との交流と中村屋

中学を卒業し、一九三一年、小学校の代用教員時代に、「赤い鳥」に詩「窓」が初めて掲載されたことが、南吉の輝かしき作家人生の幕開けだったのですが、そのときの童詩・童謡の投稿欄の選者こそ、北原白秋その人でした。のち一九三三年四月、白秋と鈴木三重吉が訣別したことにより、「赤い鳥」への発表機会は失われます。けれど、その後も巽聖歌・白秋らとの交流は続き、この年のクリスマスにも南吉は聖歌とともに中村屋に寄り、手土産のチョコレートを購入してから、白秋宅を訪問しています。

そのときのことかは不明ですが、その二年後に南吉はこんな詩をのこしています。

〈無題〉われは中村屋にいきて

われは中村屋にいきて
チヨコレートの兎を買ひたり。
銭乏しく心も貧しき
書生にてはあれど
人なみにクリスマス・プレゼント
贈らむとてなり。
そを白き美しき包みにして貰ひ
骨箱のごとく
大事もて電車にのれば

燦爛《さんらん》として輝くがごとし。
われは誇らかなり。
まこと誇らかなり。
人々よみよ　ここに
われみすぼらしき書生なれども
人なみにクリスマス・プレゼント
贈らむとするを。

（一九三五年十二月）

この中村屋とは、東京新宿にあるレストラン兼パン・洋菓子屋のこと。創業は一九〇一（明治三十四）年で創業者は、長野県安曇野市穂高出身の相馬愛蔵《あいぞう》と黒光《こっこう》夫妻。黒光が田舎暮らしが性に合わなかったため、夫妻で上京し、自力で生計をたてようと東京・本郷の東京帝国大学（現・東京大学）正門前にあった繁盛店「中村屋パン」を居抜きで買い取り、店名もそのままに開業したのでした。引き続き大いに繁盛したこともあり、将来性を見込んで一九〇七（明治四十）年に支店を新宿に出店。その売り上げ好調を見て、一九〇九（明治四十二）年に本店を新宿の現在地に移転しました。パン屋を起点に、和菓子や月餅・中華まんを新たに発売したり、レストランを併設し「純印度式カリー」を提供するなど、中村屋は意欲的に新商品の開発に取り組みます。そして、一九三〇年代初めに破格の待遇でロシア人の菓子職人、スタンレー・オホッキーを採用したことから、オホッキー指導のもと、多くのロシアパンやチョコレートなどのロシア菓子を製造、販売してゆきます。一九三三年に南吉が買い求めたのも、このチョコレートだったかもしれません。寒い年の暮れに、大切な人への手土産に求めた「チョコレートの兎」を大事に抱え、誇らかに街を歩く南吉の横顔が浮かんでくるようです。南吉をはじめ、市井の人々が享受したささやかな幸せはその人々の胸のなかで温かな記憶としていつまでも、のこりつづけたことでしょう。

中村屋は一九四五（昭和二十）年五月二十五日の東京大空襲で被災し、当時の本店をはじめ寄宿舎、工場などは灰燼に帰してしまうのですが、復旧に尽力し、戦後すぐに再開しています。

（新宿中村屋 website「中村屋の歴史」参照）

iv　失意の帰郷と河和の小学校代用教員時代（一九三六〜一九三七）

一九三六（昭和十一）年三月、東京外国語学校を卒業した南吉は、白秋や聖歌の近くで文学創作を続けたいという意志もあり、東京での就職先探しにひたすら奔走します。当初は中学校の英語教師の職を探していましたが、思うようにゆかず、五月から丸の内の東京商工会議所にあった東京土産品協会に就職します。折しも一九四〇（昭和十五）年に東京オリンピックが開催される予定で、外国人向けに菓子や玩具や土産物のパンフレットに英文の説明をつける必要があり、南吉はその仕事に従事しました。居住していた聖歌宅近くの中野区上高田の松葉館二階にて、仕事のかたわら戯曲の創作にもあたりました。しかし、梅雨時から始まったこの年の夏の異常な暑さは南吉の病身をさいなみ、十月には二度目の喀血をし、病臥の日々となってしまいます。働くことも創作に励むこともままならぬ状況は南吉にとって、とてもつらいものでした。巽夫人の看病を受けて、小康を取り戻した南吉は、十一月、失意のうちに郷里の岩滑に帰郷します。四年半前、文学に燃える思いを胸に果たした上京と東京での充実した生活。苦しいこともありましたが、白秋や聖歌らと親しく交流をもち、文学指導を受けたことは南吉にとって、何物にも代えがたい貴重な経験となりました。

療養期の希死念慮とドストエフスキー

郷里に帰り、のんびり静養していた南吉ですが、一九三七（昭和十二）年の年明けに早くも両親から就職を迫られます。

「Adam Bade を100頁あまり読んでのけられた調子のよさに喜んで家に帰つて来ると父の不機嫌が待つてゐる。

——にはとりしまつたかや

——まんだ

——しまつてこんか。

飯をたべに下りてゆくと冷たい眼がかみそりのやうに閃いて心を傷《きずつ》ける。

——いつまでさうしとるつもりだや。うかうかしとつたら四月になつても口はあやせんぞ。

この言葉が自分を天国から地獄にひき戻してしまふ。ちよつと爪を立てただけで田虫の皮膚が痒くなりはじめて終には手もつけられなくなつてしまふやうに、この一つの言葉が自分の胸の中の不安をかきたてはじめる」（一月二十日、全集第十一巻）

「少し打ち込んで読書するとすぐ胸にこたへて来て、午後にでもなると患部がちくちくと痛み出す。うるさい病気だ」（二月四日）

「僕は今でも死んでもいいなんてよく思ふときがある。しかしベートーヴェンの音楽が僕のさういふ時に生きる力を感じさせてくれる。つまりベートーヴェンの音楽は僕にとつては楽しみである以上の効果と役割を持つのだと先生がいつた。自分は、さういふものがあるとよくですね。つまり持病持ちがその持病に特効ある薬を知つてるやうなもんですねと言つた」（二月十三

日）

「文学で生きようなどと考へて一生を棒にふつて親兄弟にまで見はなされてこつこつやつてゐるのは神様の眼から見ていいことなのか悪いことなのか、そこのところもよく解らない」（二月十五日）

この時期の南吉は体調も一進一退で、職も見つからず、自身の不甲斐なさや将来への不安に自殺を考えることがたびたびありました。

「僕はこのままのらりくらりと一生を過さうと大半決心してしまつた。が憶へばかかる僕を許しておく僕の境遇、つまり父と母の心、及び財力こそまこ《ママ》に感謝すべきものではある。世のすべてに希望を失つたからとて僕のやうに毎日のらりくらりして、しかも相当の品位を保ちつつ生きてゆけない人間がいくらもあるに相違ない」（二月十九日）

「「貴様みたいなものは一生涯でも親の厄介になつてゐるつもりだ」と云はれるとどきつとする。さう云ふことを云ふ以上はまさかそんなことは無いと父母は思つてゐるのだ。ところが自分は全くそのつもりでゐるのである。他人が心ならずも云つたことばが真実である場合、こんな風にどきんと来るのである」（同日）

静養に専念し、このままぼんやり過ごしていてもいいのではという思いを即座に打ち消してくる父の言葉は、重く南吉の心にのしかかります。

「僕は自殺すべきか、すべきでないか、つまり僕はこれから後も今日の状態と大して変化のない存在を続けるにすぎない人間なのだが、さういふ存在の仕方が只単に父、母、弟に苦痛を与へるのみか、或ひは何かのたしになるのか。又自分自身に幸福を感ずる時が来ないか、来るか、その見透しさへつけば僕は今日、今から直にでも自殺する決心はつくのだが、困ったことにそれが解らない。(略)「在つた」ところの人間を書く作家。「在りうる」ところの人間を書く作家。「在つて欲しい」ところの人間を書く作家。ドストエフスキーは最後のタイプの作家に属する」(二月二十三日)

生きているだけでいいのだ、とは到底信じきれなかったこの頃の南吉は、『カラマーゾフの兄弟』を熟読するなど、ドストエフスキーに傾倒し、たびたび日記でも言及しています。こう「在って欲しい」人間を書く、即ち「純粋の欲望の世界」をえがく作家としてドストエフスキーを名指しし、かれのロマンチシズムが他の作家と異なる点について、「彼の欲望がたんなるお慰みや夢でなく、様々な苦しみの末、遂に己を容れない現実の間からさしのべられる手の如きものであつて、それ故に同じ様に人間、社会の問題について日夜苦闘を続けている人々の胸を衝《う》つといふことである。咽喉の非常に渇いた人が夢みる清水の如きもの、それがドストエフスキーの夢、即ち小説なのである」とも述べています。わたしはこの文章にふれ、一八八一年に世を去ったドストエフスキーが差し出した「手」と、その三十二年後に生まれた、新美南吉の「手」がしっかりと繋がれていることを確かに感じました。文学は夢であり、空想に過ぎないのか、真に一生を懸けるに値するものなのか——胸の内で繰り返される南吉の問いに応えてくれたのが、この「手」であったのです。文学を志すことの意味、生きる意味が解らなくなっていた南吉にとって、一人の作家が作品をとおして差しのべた「手」は、少なからず生きるよすがになったことでしょう。両親のために、「文学」を諦めぬために、南吉は三月から本腰を入れて就職の口を探してゆきます。

当時の河和駅

河和の小学校代用教員時代

そんな折り、愛知県知多郡河和第一尋常高等小学校（現・美浜町立河和小学校）に短期現役で軍隊に入る先生がいたことから、声がかかり、南吉は代用教員の職に就くこととなります。この小学校は名鉄河和線の河和駅から徒歩十分ほどの海を見おろす丘の上にあるのですが、海を背に小学校へ向かう急な坂道をのぼるのは病身の南吉にはきつく、初出勤の日も「「えいやえいや」とかけ声をかけねばならなかった」（かつおきんや『人間・新美南吉』）ほどでした。

けれども、当時の心境をつづった巽聖歌宛の手紙にはこんな記載があります。

「僕は四月から、河和という海沿いの小さい町で、代用教員をしています。半田から例の電車で三十分南へ走って、終点に着くとそこに波の音をきくことができます。ここが河和です。非常に和《なご》やかな、美しい、快いところなのですが（略）ここで僕は、かりそめの、ささやかな仕合わせを味わっています。こんなところに、こんな仕合わせがあろうとは、つゆ知りませんでした。生きていることは、無駄ばかりではないことが、これで解りました。（略）僕はもはや、東京のことは、ちっとも考えません。あそこは昨日も江口に書きましたが、「人が多すぎ」ます。ものごとが多すぎます。ごちそうが多すぎます。もうたくさんです。僕はもうここで、年をとる方法ばかりを考えています」（巽聖歌『新美南吉の手紙とその生涯』）

この文面から、この河和の小学校へ通う日々は心身を病んでいた南吉にとって、心安らぐものであったようです。

南吉が担任したのは小学四年生の六十四名。純粋な目と心で新しい先生を見つめる生徒たちとの交流に、徐々に南吉の心も清新さと活力を取り戻してゆきます。南吉がこの学校で熱心に取り組んだのは生徒たちの作文指導でした。そのときの教え子の一人である、磯貝ちづ子の話（『南吉おぼえ書き』第二集）によると、南吉は、「小牛」という作文を書いたちづ子の文章を褒めながら、「お前とこの牛はなあ、草を食べる時、どうして食べる。立って食べる、寝て食べる」と細かな質問をしてきました。また何遍注意をしても、お母さんのことを「おかあああん」と書く光夫という生徒について、あれはなぜなんだろう、と聞いてきたことがあり、他の生徒が、光夫の親が違う、ということを言っていた、とちづ子が南吉に告げると、「うん、うん」と頷いて、もっともだという顔をしていたそうです。このやりとりから、子どもたち一人一人の生活や暮らしぶりに丁寧に目を配り、実体験や実感をもとにものを書くことの大切さを伝えんとする、南吉の姿がうかがえます。

また南吉はのちにこんな詩も書いています。

春の電車

わが村を通り
みなみにゆく電車は
菜種ばたけや

麦の丘をうちすぎ
みぎにひだりにかたぶき
とくさのふしのごとき
小さなる駅々にとまり
風呂敷包み持てる女をおろし
また杖つける老人をのせ
或る村には子供等輪がねをまわし
或る村には祭の笛流れ
ついに半島のさきなる終点に
つくなるべし
そこには春の海の
うれしき色にたたへたらむ
そこにはいつも
わがかつて愛したりしをみなをりて
おろかに心うるはしく　われを
待つならむ

物よみ　草むしり
小さき眼を黒くみはりて
待ちてあらむ
われ　けふも　みなみにゆく電車に
わが　おもひのせてやりつれど
その　おもひ　とどきたりや
葉書のごとくとどきたりや

（一九三九年三月）

菜の花畑や麦の丘をすぎ、車体を左右にかたむけながら、知多半島を縦断するこの電車は名鉄河和線（当時は知多鉄道）です。そして、ここに登場する「わがかつて愛したりしをみな（女）」とは、小学校の同僚の教師・山田梅子先生のこと。梅子は短歌をたしなみ、文学に造詣もあり、職員室での机が隣同士だった南吉と仲良くなるのに、そう時間はかかりませんでした。また活発で利発な性格で、心根のやさしい梅子は病身の南吉をなにくれとなく心配し、栄養のある弁当のおかずを分けてあげたりと、つねに朗らかに南吉に接しました。日に日に親密さをましてゆく彼女との関係のなかで、南吉は結婚を意識することさえありましたが、やはりここでも自身の行く末に自信が持てず、弱さをさらけ出すことにも躊躇し、一歩踏み込むことができませんでした。しかし、南吉は小学校を退職後も九通の手紙を梅子におくっており、その生涯において、心をゆるせる特別な女性であったことは確かなようです。

南吉は、小学校を辞す少し前に日記にこんな文章をのこしています。

「もうあと二週間ばかり。それでこの仕合せは結末となる。山田さんよ、月給よ、碁よ、みんなさらばだ。それから何がやって来るんだらう。何だか解らない。だが恐らく暗い苦しいものがやって来るのだらう。ああ願はくば取りあげ給へ。この苦しみの杯を」（全集第十一巻）

人生の小春日和のような三カ月に別れを告げ、のちの苦難を予期するような口ぶりですが、さて、南吉を待っていたものは果たしてなんだったのでしょうか。

名鉄河和線・車窓の菜の花畑・河和小学校・三河湾《愛知県知多郡美浜町周辺》

名鉄河和線。

赤い車体がそぼくでかわいらしい。

愛知県東海市の太田川駅から知多郡美浜町河和駅を結ぶ路線（旧・知多鉄道）。南吉はこの電車に乗り、終着駅の河和まで通勤していた。

河和線からの風景。南吉が河和小学校へ通勤した、河和線の半田口駅から終点の河和駅まで乗車した。南吉が目にした菜の花畑をひと目みようと友人たちと三人で車窓に貼りついてシャッターチャンスをうかがい、激写した一枚。南吉の通勤した当時は線路沿いに菜の花畑がたくさんあったそうだが、いまは数カ所しか見ることができない。

現・美浜町立河和小学校。南吉が代用教員として勤めた小学校（河和第一尋常高等小学校）。河和駅より海沿いの道を歩いたのち、南吉が苦労して通勤した坂道をてくてくのぼってゆくと、小学校がある。

「名誉などいらない。このままこの海を見下ろす美しい小学校で教員をしてゐられたらとつくづく思ふことがある」（昭和12年5月10日）と南吉が日記に書いた、丘の上の小学校からのぞめる三河湾。

「そこには春の海の／うれしき色にたたへたらむ」（「春の電車」）と南吉がうたった三河湾。この海辺へきたのは4月だが、春の陽光を反射する透きとおった水の色が、ほんとうにきれいだった。次回は釣竿を携帯してゆきたい。

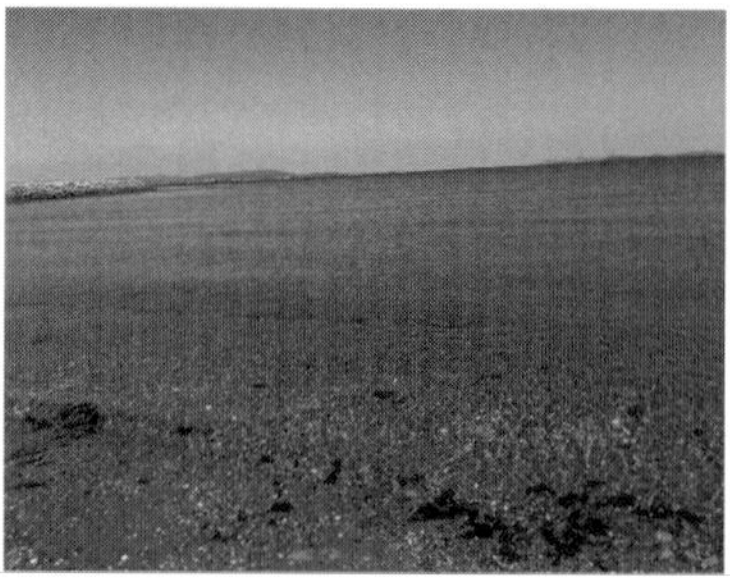

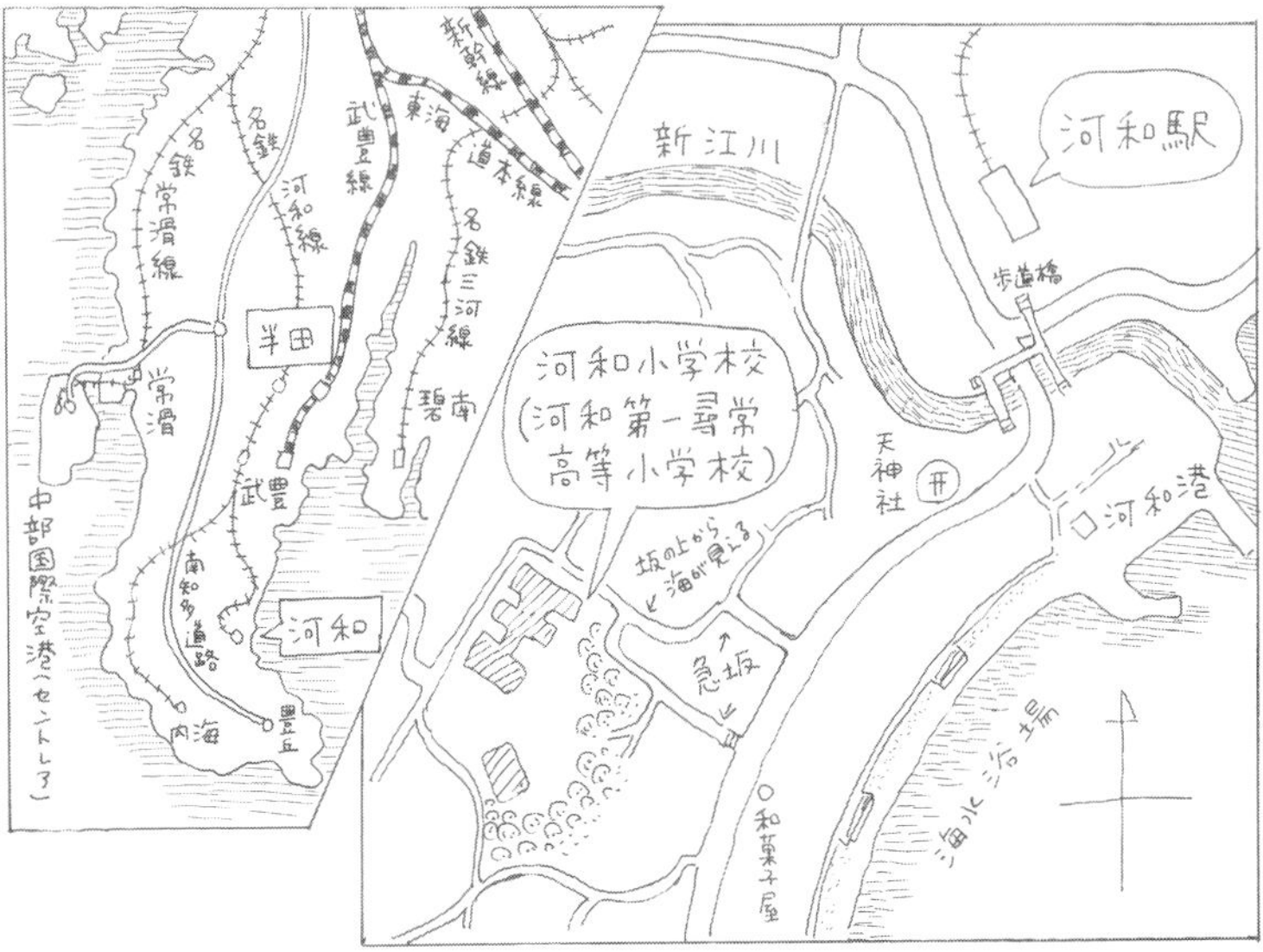
新幹線
東海道本線
武豊線
名鉄
名鉄常滑線
河和線
名鉄三河線
半田
常滑
碧南
武豊
中部国際空港(セントレア)
南知多道路
河和
内海
豊丘
新江川
河和駅
歩道橋
河和小学校(河和第一尋常高等小学校)
天神社
河和港
坂の上から海が見える
急坂
和菓子屋
海水浴場

Ⅴ　杉治商会勤務時代（一九三七〜一九三八）

杉治《すぎじ》商会の鴉根《からすね》山畜禽研究所

一九三七（昭和十二）年七月に小学校を退職した南吉は再び就職活動にあたることになります。名古屋市に支店を持つ、ドイツ人経営のイリス商会の採用試験を受けるもダメで、口利きをしてくれた人の紹介で、九月一日から、鴉根の杉治商会に就職し、育雛《いくすう》部で働き始めます。山田梅子への手紙にはこのときのようすをこんなふうに書いています。

「勤労生活第二日目。たいへんうまくいつてゐる。体の点全然心配はいらない。

僕らは育雛部といふ部門で鶏のひよこの世話をするのである。ゴムマリ位のひよこが百羽程づつゐる部屋が十三四ある。僕らはみんなで十一人ゐる。それぞれ仕事を分担してやるのだが僕は一般管理といふ役目で、つまり何でもやるのである。菜つぱを刻んだり、餌をやつたり、床をかへたり、掃除をしたり、死がいを片付けたりする。実につまらないやうなことばかりだが僕は一生けんめいである。一人前しとほせるかどうかが今の僕の一番の関心事だからだ。

昨夜はへとへとに疲れて家に帰ると新聞をのぞく元気もなくなつて寝てしまつた。今夜から山で寝起きをするのである。それで仕事のひまな時をえらんで今家へ夜具をとりに来たところ。山はじつに空気がよい。湧き出したばかりの清水のやうに清澄である。僕らは緬羊《めんよう》や七面鳥や豚や牛や鶏などと一しよにこの美しい空気の中で天地のめぐみを享受する。

喰物はよいとはいへない。一日四食で、朝は味噌汁、十時と二時は大根漬ばかり、夜は一寸した惣菜。それで麦飯なのである。僕ははじめびつくりした程だ。しかし腹がすいてゐるのでびつくりしながらも喰べてしまふ。たべて見るとそんなものでも案外うまいことがわかる。だが何よりうまいのはお茶である。このぬるい番茶はどこでのんだお茶よりうまいやうな気がする。

休みは一月に二日。自分の好きな日を選んで休むとのこと。最初の休みには誰のとこへ行こうか、と今からそんなことを考へてゐる。

九月二日　　新美正八

山田梅子様

P.S.　手紙は家の方へ下さい。」（全集第十二巻）

あまり情感のない淡々とした記述に、この厳しい勤労生活になんとか順応したいという南吉の思いが見てとれますが、好きな女性にへこたれているさまを見せたくないという意地のようなものも感じとれます。

ひよこ

君だつて
大人のするだけのことはする
開放されると
自由と広さを味《あぢは》つてみるため
力一ぱい羽搏くのだ
ただその途端　一尺ばかり
よろけていつて
尻もちをつくといふだけのことさ

（一九三九年九月）

のちに南吉はこんな詩を書いていますが、このときに日々世話をしたひよこを想起していたのでしょうか。いとけないひよこが、大人さながらに自由を求めて羽ばたき、よろけて尻もちをつく姿に、うまく飛翔しきれない自身の葛藤をも重ねられているようです。いつ自分は周囲に認められる一人前の作家になれるのだろうか、その日は来るのだろうかと。

杉治商会の社員教育

杉治商会とは、昭和十年代当時、全国飼料の五十％の市場占有率を誇る養鶏用の飼料会社で、このときの経営者は三代目の杉浦治助でした。愛知県一の多額納税者となり、「日本の飼料王」とも呼ばれたこの治助は研究熱心で一心不乱に仕事に打ち込む人間でしたが、「ひとのみち教団」（のちのＰＬ教団）の熱心な信者でした。その教義をもとに従業員たちを寮（寄宿舎）に入れ、低賃金で厳しい管理のもと徹底的な教育を施しました。「ひとのみち教団」の教えには「神の分霊であるところの人間は「我」を持つために充分に人の本領を発揮できない。不幸や苦難を取りのぞくためには、「自我」を捨て去り、世のため、人のために真心をこめて働くこと。ただそれだけで足りる」というのがあり、自己を滅却し、他者や世界のために生きる人間を、治助は育もうとしていたのです。「杉治にいた人間は軍隊に行っても大丈夫だ」と言われるほどに過酷な勤労と生活を従業員に課していた治助はしかし、ごうつくばりの悪徳経営者であったのかと問えば、それもまた違っていました。治助自らも節制を信条に贅沢を嫌い、ときに浮浪者と間違われるようなみすぼらしい身なりで仕事に打ち込み、独立した家、屋敷も持たずに一汁一菜主義を貫くような、ストイックな人間でした。仕事人間の治助は経営戦術にたけ、会社の発展を見越し、一九三五（昭和十）年に半田の鴉根一帯の広大な土地を買いもとめ「ひとのみち教団」青年学校と農場、畜禽研究所などを建設しました。南吉が勤務配属されたのがこの畜禽研究所であったわけです。

遠藤夫妻の訪問

しかしながら、病身で虚弱な体質の南吉にとって、この日々はあまりにもきついものでした。半田中学時代の恩師、遠藤慎一先生が「どんな生活をしているんだろう」と南吉を心配して、一九三七年十月四日に鴉根の寮に訪ねたときのようすをこんなふうに語っています。

「私が新美に、えらいところに来たなあ、と言ったら、新美が、まあ、やっているには、やっているんだが、困るのは食べ物だと。まあ、兎に角、朝、昼、晩、ろくなものしか食べれんで、本当に困っている。沢庵と味噌汁位のもんだ、と言ったのが、今でも印象に残っていますね。(略)私も家内もね、これでは、可哀相なことだ、えらいことだなあ、と思って来ましたよ」(『南吉おぼえ書』第四集)

鴉根山の農場(杉治商会畜禽研究所)

南吉はこのときの遠藤先生の訪問を「遠藤先生夫妻が鶏舎の金網の前で待つてゐられた。遠藤先生は義理をとほすのが主な理由で、それに性来の好奇心も手伝つて来られたのだが、夫のいふとほりになる奥さんは、何となしに、夫のいふがままについて来たのである。そこですつかりくたびれてしまつて、鳥も羊も見る元気がなくべつたり腰を落したままだつた」（全集第十一巻）などと日記に記していますが、恩師の心配や親切を素直に受け取れないほどに、南吉の精神が疲弊していることに何か切ない思いがしてきます。

この頃の日記には、真面目に働いていることを店の顧問に褒められて感激したことや、杉浦治助に対して反感を抱いていること、周囲の人間との交流などが細かに記されていますが、「人間」についてこんな記述があります。

「人間はどんなに地獄の近くにゐても、いや地獄の真中にゐても、その心さへ起れば天国の方へひきかへすことが出来る。又一生涯地獄の傍ばかりに住んでゐた人でも死の直前に、その心さへ起れば天国の方へやつていくことが出来る。そして天国はかかる場合地獄からそれ程距つてはゐない。一足で届く位近いのである。

×

人間は皆エゴイストである。常にはどんな美しい仮面をかむつてゐやうとも、ぎりぎり決着のところではエゴイストである。――といふことをよく知つてゐる人間ばかりがこの世を造つたらどんなに美しい世界が出来るだらう。自分はエゴイストではない、自分は正義の人間であると信じ込んでゐる人間程恐ろしいものはない。かかる人間が現代の多くの不幸を造つてゐるのである」(十月二十七日、全集第十一巻)

これまで見てきた南吉の日記からは「自尊心が強く、人から有能に思われたい、尊敬されたい、弱いところを見せたくない」というやや利己的な性格がうかがえました。けれども、杉治商会の育雛部に勤務して一ヵ月のこの時期に、自分もまた一人のエゴイストに過ぎないのでは、と内省するようすが非常に印象的です。

杉治商会事務所経理課へ

研究所での真面目な態度が評価され、三ヵ月後の十二月に、南吉は待望の事務所経理課へ異動、配属となります。半田港の工場内のこの事務所では、英文の手紙やパンフレットの翻訳などに従事することとなり、自分の能力が生かせる嬉しさに南吉ははりきって仕事にあたりました。しかし、寒がりの南吉の身にこたえたのは、なんといっても冬の寒さです。小さな電気ストーブ一つきりの暗い事務所は大変に寒く、南吉は手足のしもやけのかゆみにひどく悩まされます。早朝に起き、鴉根山の寄宿舎から事務所へ通い、寒風にさらされながら帰宅する日々も難儀でしたが、この頃の南吉を支えていたのは、昇給に対する大きな期待でした。「何といつても25日が楽しみだ。いくらくれるだらう。五円の精勤賞とボーナスを加へてみんなで四十円もくれるだらうか。大たいその位は貰へさうな気がするが、少なかつた時の落胆がいやだから、十五円位だらうと自分に思ひこませておく」（全集第十一巻）と二十二日に記しています。しかしながら、実際に給料を受け取った翌日の十二月二十六日の日記にはこう記されています。

「昨日給料を貰つた。十二月分給料二十円、うちから積立金三円、大和会といふ職員互助会の会費一円を控除されて、手取十六円。ひそかにあてにしてゐた精勤賞の五円も、年末賞与もなかつた。いかに自分をなだめようとしても憤懣抑へがたかつた。

全く搾取である。屈辱である。修養だとか何とか云つて、それは搾取を甘受させるための言葉にほかならない」（全集第十一巻）

河和の小学校の代用教員時代でも月給は三十五円は貰っていたのに、ここでの給与は精勤賞もボーナスもなしの手取り十六円。但しこれは修養期間とされる独身者に対してであり、結婚者には五十円、六十円が支給されます。けれど、その給与だったとしても「中学の教員になった私の友人達の初任給にさへたらないのである」と、この薄給に怒りのおさまらぬ南吉の様子が見てとれます。総合雑誌の「中央公論」が一円という時代です。また鴉根山の所長らが、百円、百五十円などの月給を貰っていることを知り、「物欲を去った本当の生活をしている」風を装うかれらに対しても、不信の念がふつふつと芽生えます。決して豊かとは言えぬ両親や祖母が捻出してくれた学費で、中学校と東京の学校まで出た自分に与えられたこの待遇と薄給。文学者になれぬまでも、せめてどこかの教員となって安定した月給をえて、両親を安心させ、創作を続け、人並みの生活をしたい、というささやかな願いさえ叶えられぬ日々は南吉の精神と肉体をいかにさいなんだことでしょう。

翌一九三八（昭和十三）年一月四日の日記には心境が反映されているかのような、こんな俳句が記されています。

寒月に物売る家のささやかさ
寒月や坂の上から下駄の音
寒月や今ぬけて来た松林
寒月や鳥根山の狐達
寒月や山陰の田の古氷

日記から推測するに、この一月初旬に杉治商会を去ったようですが、南吉にとってこの五カ月足らずの杉治商会勤務時代はただひたすらに厳しい労働と生活に耐えた苦行のときだったのでしょうか。この期間には、詩や童話などの創作作品は残されてはいませんが、日記の言葉を見てゆくと、一九三七年十月二十七日の「人間は皆エゴイストである」に始まり、自分自身の弱さや利己的な考えに向き合い、内省するような表現がときどきに見られます。これは晩年の作品のテーマにも連なってゆくもので、この時期をへたことで、南吉は人間としても作家としても新たな境地に足を踏み入れたようです。

ふるさと文学散歩 3

鴉根町周辺（旧・杉治商会の農場や畜禽研究所周辺）・トーエイ（株）半田港工場（旧・杉治商会事務所）・十ヶ川《愛知県半田市鴉根町・知多郡武豊町・半田市港町》

鴉根町３丁目「愛厚半田の里」周辺。小雨のなか、あたりを徘徊していたら、突然に鴉の一群が空から舞い降りてきた。南吉のおもかげをしのんで訪ねた者を歓迎してくれたのだろうか。
当時、広大な杉治商会の農場や施設のあった鴉根山周辺は現在、鴉根町の大部分と武豊町字二ツ峯周辺となっている。なお南吉の晩年の童話「狐」にも鴉根山が登場している。

南吉がひよこの世話をしていた鶏舎のほとりに位置する、長成池（武豊町）。この一帯は現在、自然環境の保全や回復をはかり、多種多様な野生動植物の環境に配慮された親水公園となっていて、自然観察に最適。池のかたわらのウッドデッキをそぞろ歩くのも楽しい。

杉治商会事務所跡地

十ヶ川

現・トーエイ（株）半田港工場（半田市港町）。当時、杉治商会の事務所のあった場所。半田港のそば、十ヶ川をのぞむ場所に位置している。南吉は、この地で英訳の仕事にあたったり、給与の額を知って絶望におそわれたのか、としみじみしてしまった。なおこの川で1時間ほど釣りをしたが、なにも釣れなかった。

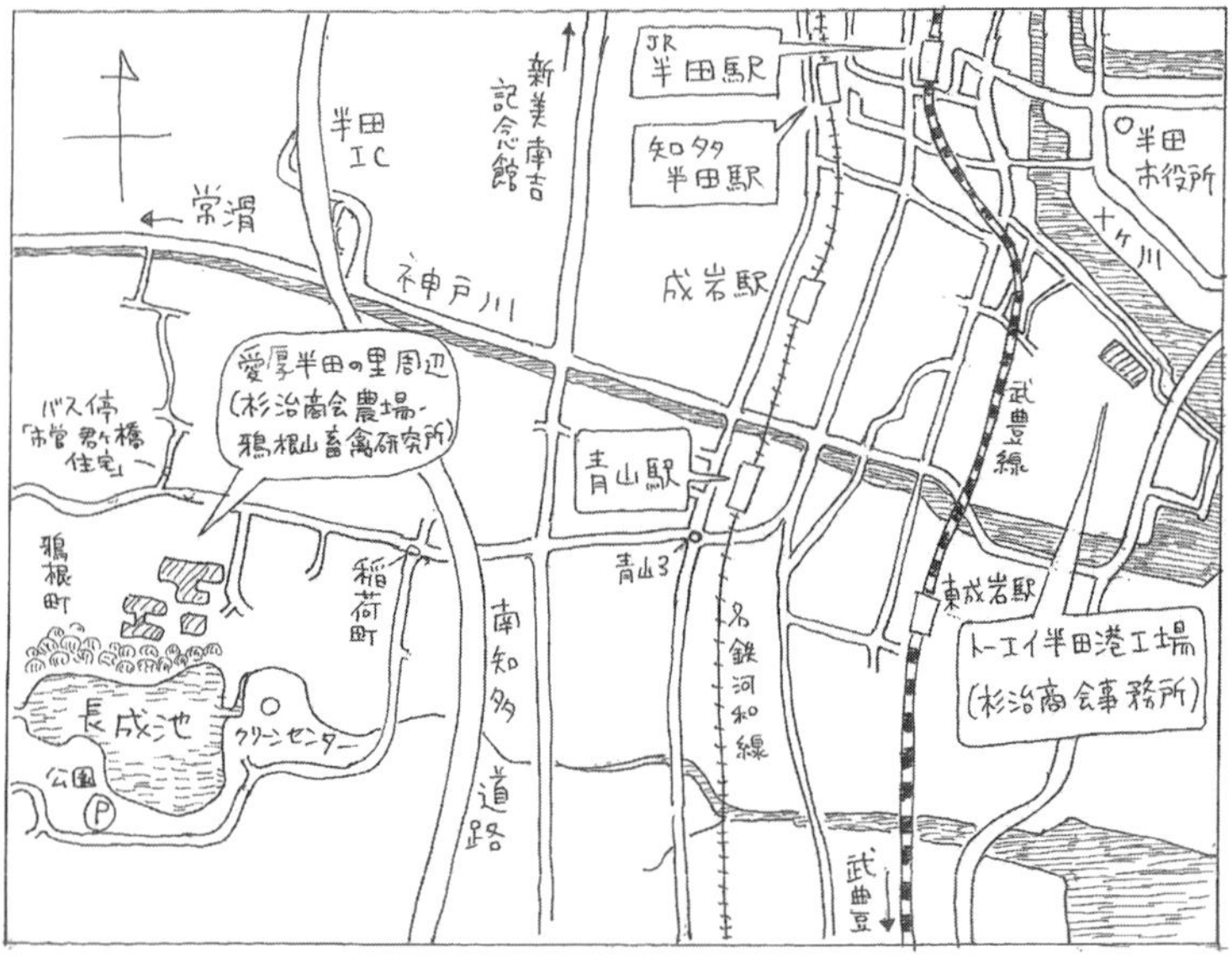
JR半田駅
知多半田駅
半田市役所
十ヶ川
半田IC
新美南吉記念館
常滑
神戸川
成岩駅
愛厚半田の里周辺
（杉治商会農場・鴉根山畜禽研究所）
バス停「市営 君ヶ橋 住宅」
青山駅
青山3
稲荷町
鴉根町
南知多道路
名鉄河和線
武豊線
東成岩駅
トーエイ半田港工場
（杉治商会事務所）
長成池
クリーンセンター
公園
武豊

vi　安城高等女学校勤務時代と南吉の最期（一九三八〜一九四三）

一九三八（昭和十三）年三月、そんな南吉に思いがけない吉報が舞い込みます。南吉の苦境を心配していた恩師の遠藤先生と安城高等女学校（現・県立安城高等学校）校長の佐治克已《さじかつみ》先生の奔走により、安城高等女学校の正教員に南吉の内定が決まったのです。

「佐治先生が遠藤先生の宅に参られ、僕を呼んで今日やつと係の方の話がついたと言はれた。これで遂々話がきまつたのである。

下手な小説はもう書けなくなつた。一ついい事があれば一つ悪いことがあるものだ。がむろん後の方の不都合は何でもないことだ。

女学校の先生になればもう何の恥しいことがあらあずに。一ぺん女学校でも中学校でも先生になつてくれればもう明日死んでもええと思つとつただと母は言つた。

父が、小心の父があまりの喜びで狂ひ出さねばいいとそんな心配をした」（三月六日、全集第十一巻）

長らく心配と金銭的な負担をかけどおしだった両親の狂い出さんばかりの歓喜を眼前にした

南吉の安堵と喜びは察するにあまりあります。告げられた月給は七十円。遠藤先生と佐治先生、二人の奔走のおかげで手にできたこの幸運に南吉はどれほど感謝したことでしょう。当時の安城は農業の先進地域として知られ、一帯は「日本のデンマーク」と呼ばれており、東海道本線の開通によって安城駅周辺もたいへん活気にみちていました。

始業式の日に

一九三八年四月五日。新米教師である南吉は、全校生徒を前にこのような挨拶をします。

「佐治校長から御紹介のありました新美正八であります。（略）けさ、学校へ来る汽車のなかで、いっしょに乗り合わせたこの学校の制服を着た生徒が、「今度来る英語の先生の名前はショウハチって言うげな、おじいさんみたいな名前だね……」と笑い合っていたけれど、僕はごらんのとおりのハンサムな先生であります」（斎藤卓志『素顔の新美南吉』）

約二百人の生徒たちからどっと笑いが起こったそうですが、自分で言うか、という感じでなんともほほえましいです。この年の新任教師は南吉一人であり、南吉は四月に入学した一年生（第十九回生）五十六名の担任と全学年の英語、一、二年の国語、農業などを担当します。また「安城高女学報」の編集、図書館の学芸部なども兼任し、授業と事務の仕事に励む日々となります。

ちゑとの恋愛

またこの頃より、中山ちゑ（「ごん狐」に登場する中山さまの子孫）との交流が親密になり、彼女への思いや葛藤がたびたび日記につづられています。

翌一九三九（昭和十四）年一月一日の日記には、「新しい年があけた。私はもう二十七歳だ。二十七歳といふ自分のとしに驚いてしまふ。二十六歳の一年間は私の生涯で、平凡なその上で最も紀念《ママ》しなきやならない年だつた。私は永い試練の後順当な職につき独立したのだ。それからこれからの私の半生の伴侶となるであらうちいこ（ちゑ）と結ばれたのだ。そして今歳がやつて来た。私にはいい予感がある。明るく無事にすぎてゆくやうな気がする。さうあつてほしいと思ふ」（全集第十一巻）（（　）は著者）と記されていて、安定した状況のなか、ちゑとの結婚のことを真剣に考えることもあったようです。けれども、のちにちゑが青森の地で亡くなったことで、この結婚も実現に至ることはありませんでした。

新美先生の授業風景

英語教師として赴任してきた南吉でしたが、ここでもまた南吉がとくに力を入れたのは、作文の授業でした。生徒たちに家族について書かせたり、日記の提出を求めることもありました。

四年間南吉に担任をしてもらった生徒たちがその印象や教えぶりについて、こんなふうに語っています。

「安城高女に転校して間もなくの頃、新美先生に「君の作文は、どこを読んでも『少女倶楽部』の写しだ」と言われました。「書物臭が漂っていて、ちっとも面白くない。これじゃだめだ」と。じゃあどうしたらいいのかと、子どもながらに迷いましたけれど、先生のお言葉をきいていますと少しずつわかって来ました。まずよく見て、自分の言葉で表現しなさいと、借り物の言葉ではだめだということだったんです」（大村博子）

「作文は、一週間毎に書く時間と批評の時間とがありました。いつでしたか、先生が私に「一週間に五十六人全員の作文を読んで批評するのは大変なことなんだよ」と仰ったことがあります。

私にとって作文を書くのは、決して楽しいことではありませんでしたが、批評の時間は大変待ち遠しいものでした。先生は、書けない生徒の作文も丹念に読んでくださり、一か所でも良いところがあれば見落とさず、「書き出しが上手い」とか「表現が上手い」とか言ってくださったからです。（略）先生がたった一行でも褒めてくださると、何故かなと考えてみます。そして、ああ、ここは私がありのままを自然な思いで表現して書いたところだ、ということに気付き（それは先生の作文指導の理念でありましたから）、一層嬉しくなったものです」（本城良

子）

（新美南吉記念館『生誕百年 新美南吉』）

生徒たちの言葉を見ると、多忙のなかでも提出された作品をしっかりと読み、文章の美点や良くないところを探しだし、一人一人に伝えようという真摯な南吉の姿がうかがえます。借り物の表現ではだめで「自分の言葉で」、あるいは「ありのままを自然な思いで表現」することの肝要さなど、これらは南吉作品の根底にも確かに息づいているものです。南吉がおのおの生徒の個性や特性を軽んじることなく、一人の作家の卵として接し、期待していることも感じとれて、心と心のじかの触れあいに胸のぬくもる思いがします。

安城の下宿生活

一九三九年に入り、日中戦争の長期化による交通事情の悪化で、中等学校校長会から「教員は学校周辺に居住して、通勤するのが望ましい」という発表がありました。一時間半も通勤にかかっていた南吉は、自身の健康も考え、四月から、安城町字出郷《でごう》（通称・新田）の大見坂四郎家のはなれの八畳間に下宿をはじめます。当時の生活は、食事は主に外食、風呂は学校で入り、万年床でほぼ掃除もせず、洗濯物は毎週土曜に岩滑の実家へ持ち帰るなど、しっかり生活するというよりも、創作や授業の準備、睡眠が主であったのかなと思われます。部屋には机と電気スタンド、本と夜具だけで、ひとり静かに作業に集中できる環境を守っていたような気配もうかがえます。

詩作の指導とガリ版刷り詩集

一九三八年末頃より、南吉は生徒たちに詩作の指導を開始します。そして、生徒たちからつのった詩と自作の詩を編集して、ガリ版刷りの詩文集を制作します。その第一集「雪とひばり」（一九三九年二月刊）の巻頭に南吉は「はじめに」と題してこんな詩を寄せました。

生《あ》れいでて
舞う蝸牛《でで むし》の
触覚《つの》のごと
しづくの音に
驚かむ
風の光に
ほめくべし
花も匂はば
酔ひしれむ

（二月一日作）

ここには「生まれたての小さな蝸牛《かたつむり》の触覚のように、ささやかなことでも鋭敏に素直に感知できる感受性を大切に」創作にあたってほしい、という南吉の思いが込められているようで、わたし自身も背筋の伸びる思いがします。この詩文集は一九三九年中に、第二集「縁側の針」(三月)、第三集「沈丁花と卵」(四月)、第四集「麦笛」(五月)、第五集「五月雨の土蔵」(六月)と続々刊行されてゆきますが、日中戦争による物資の統制下で学校への紙の割り当てが減り、第六集「星祭り」(九月)をもって刊行の中止を余儀なくされます。「戦争のため我々が喜んで忍ばねばならない不自由のなかに、紙の不足があるのです。それがついに、学校のなかにもやってきた。(略)詩が続かなくて止めるのではない。紙が足りないから止めるのです。だから、紙がふたたび豊富になるときがきたら、そしてその時、みんなの中に詩心がなおあるならば、我々はふたたび、この細いいとなみの糸を繰りたいものです。早くその日がくるといい。祖国のために、詩のために」と、南吉は最後の詩文集「星祭り」に記していますが、大切につむいできたこの詩の糸を断ち切らねばならぬ無念さが感じられます。

「詩」の一九三九年

南吉は杉治商会勤務時代には、ほぼ作品をのこしていませんが、安城高女の教師に着任した一九三八年の四月より、ぽつぽつと詩作を再開しています。また安城の下宿に移った一九三九年四月前後からは目をみはるほどみずみずしく、力強い詩を数多く書いています。生涯でもっとも多く詩を作ったのがこの年でした。

デージイ

小さいデージイが
咲いたのは
小さいひなたの
小さいはたけ
それは小さい花なので
小さい蜂と
小さい風が
お祝ひに来てゐる
小さい南京玉も
そこらにちかちかしてる

わたしはそこを通るとき
小さい彼等の
小さい仕合せを
邪ましないやう
そつと見て通る

（「沈丁花と卵」一九三九年四月）

この「デージィ」や、先述の河和小時代の風景をうたった「春の電車」、「垣根」、「小さな星」「入日」、毎日の労働によって醜く疲弊しきった父親の手と自身の手を主題にした「手」、「逝く春の賦」、一人さすらう旅人の生の厳しさをつづった「寓話」、年末に書かれた「仲間はづれの」など心に迫る詩は枚挙にいとまがありませんが、いずれも一九三九年中に書かれたものです。これらの作品群には、元来の南吉の世界観が経験と実感に裏打ちされ、さらに強靱な詩の表現を獲得していることが見てとれます。なお、この年の南吉は、毎日の授業や事務作業に加えて、学校行事（生徒の関西旅行や登山にも同行）や戦中なればこその公的行事への参加、生徒たちの作文や詩の添削・指導もしながら、ガリ版刷りの詩文集を六冊も制作しているのです。病気への懸念がきえたわけではありませんが、社会的な安定を得たせいか、小康状態の日も多かったようです。また安城高等女学校は、教師にも生徒たちにも慕われていた佐治校長の、生徒たち一人一人の個性や環境を大切にしながら教育にあたる、という理念がすみずみまで浸透した学校でした。各学年一クラスのため、広々と使える木造の清潔な校舎と、学内のそこかしこに植えられた美しい季節の花々。南吉の精神と肉体にもっとも必要だったのは、就職活動や月給についての心配をせずに仕事と創作に打ちこめる環境だったのだ、と思わずにいられません。

文学創作の転機

一九三九年の五月、「哈爾賓《ハルビン》日日新聞」に南吉の詩「ねぎ畑」「雨後即興」が掲載されました。これは東京外国語学校時代の文学創作仲間であった江口榛一《しんいち》がこの新聞社の学芸部に就職し、南吉に作品を送るよう手紙で声をかけたことがきっかけでした。新たな作品発表の場を得た南吉は、続けて、詩「心うつろなるときのうた」「古ぶり」「小鳥に」「四月のあさの」「ひよこ」等や、童話「最後の胡弓弾き」「花を埋める」を発表します。そして、翌一九四〇（昭和十五）年にも詩「疲レタ少年ノ旅」「氷雨」「カタカナ幻想」「色紙」「童謡」や、安城高女の生徒たちの詩を十七篇、小説「屁」「音ちやんは豆を煮てゐた」「家」等も掲載されます。そしてこの年、巽聖歌が刊行した文芸雑誌「新児童文化」にも、南吉は童話「川」「嘘」を発表します。この「新児童文化」には、すでに児童作家として名を馳せていた小川未明《みめい》、坪田譲治《じょうじ》らも作品を掲載しており、そんな大作家らと肩を並べている状況に南吉は喜びを隠せませんでした。また、江口のはからいで、全国的に名を知られる月刊の婦人雑誌「婦女界」に小説「銭」も堂々と掲載され、自分の作家としての名前が徐々に世に浸透していっていることを肌身に感じとります。

一九四〇年十二月二十六日の「見聞録」（全集第十一巻）にはそんな南吉の心境がこんなふうに記されています。

「婦女界に〝銭〟が発表されたこと、新児童文化に〝川〟がのること、それだけの「成功」にこの頃の僕は酔つてゐる。盃に二三杯のむともう酒に酔つてしまふが、「成功」に対してもこんなに弱いのか。何とも腑甲斐ない次第である。（略）僕はどんなに有名になり、どんなに金がはいる様になつても華族や都会のインテリや有閑マダムの出て来る小説を書かうと思つてはならない。いつでも足に草鞋をはき、腰ににぎりめしをぶらさげて乾いた埃道を歩かねばならない」

作家としての文学的な成功の兆しに有頂天になりそうな気持ちを客観的にいさめる心。自身が文学で書かねばならぬものをいま一度想起し、静かに胸に刻む南吉の姿に、南吉の生きてきた道と郷里への強い思いが改めて浮かびあがります。

南吉の文学者としての「業《カーマ》」

さて、この時期の異様な創作意欲をみるに南吉は、教師業より文学創作に力点をおいているのかと思ったりもしますが、南吉はこれらの創作を日中の教師業に細やかに尽力したあとの夜の時間に精力的に行っています。そして、この年の四月頃に「ヘボ詩人疲れたり」という、春休みに東京の友人宅へ滞在したときの実話を元にした小話を書いており、そこには南吉の複雑な心境の一端もうかがえます。

「何のかんのといつても、結局、東京から離れて、田舎の女子校の先生になるやうな奴は作家となる資格はないと思ひます。僕はよく職員会などで、やれ便所の下駄を揃へることから生徒を躾けねばならぬの、やれ生徒が映画館に出入するのは不良だの、何が教育的だの非教育的だのと、一生懸命論じたてゝゐる職員を見まはしては、何といふ冗《くだ》らぬ奴どもだらう、そんな詩も美もないことによく真剣になれるものだ、俺はこんな連中とは違ふのだ、不幸病のため志半ばで都落ちして来たのだが、いざとなれば閃めかしうる才能を蔵してゐるのだ、こんな愚物ばかりの田舎に埋れさすのは惜しいやうな才能をとあつぱれ天才詩人的自覚を抱かされるのですが、実際は僕は詩人でもなければ、ましてや天才詩人でもないのです。可怪しいことに職員達の間で作家を気取る僕が、こんどは文学青年達の間にはいつて、文学ばかりの話をきいてゐるときには（略）何をこれらの連中は石にかじりつくやうに文学に齧りついてゐるのだらう、文学にそんな価値があるといふのか、まあそんなことは俺にはどうだつていいのだ、俺には五十人の生徒があるのだ、俺は教育家なのだから、と教育家を気取るのであります。丁度蝙蝠《こうもり》です。教育者の間にはいると自分は作家だと思つてゐる、文学人の中に交ると自分は教育者だと考へてゐる。どつちつかずといふ奴。それといふのが僕がどつちにも自信がないからです。（略）そこまでは自分でもよく解つてゐるのですが、それかといつて文学をさつぱり棄てて、教育に専念するといふことは出来ません。一日や二日はさういふ気になつてやつて見るのですが長続きしません。いつの間にか縒がもどつてろくでもない詩の如きものをひねくつたり、小説の如きものをこねくつたりしてゐるのであります。蝙蝠は最後まで蝙蝠たるべく運命づけられてゐるのです。つまりこれなん、業《カーマ》といふのでもありませうか」（「ヘボ詩人疲れたり」全集第七巻）

いっそ教育者の仕事に専念しようと考えても、どうしても脳裡に湧いてきてしまう詩や小説のアイデアや断片。それを作品にしようとする心の動き。南吉はこれを「業」と呼んでいますが、自信のあるなしとは関係ないところで、心が勝手に動いてしまう、その魂の絶えざる運動こそが病身の南吉を生かしめた、もっとも大きな原動力であったように思えてなりません。汲めども尽きずに、湧いてくる清新な泉のような創作への思いを、南吉はこんなふうに詩に書いています。

泉〈B〉

この泉の水を汲んでくれ
これはささやかな泉だ
恰度《ちようど》茶わんに一ぱいほどの水だ
だが見てくれ
この水は清冽で
ま新しいのだ
無限の青空が
そのはりつめた方寸のおもてに
くつきりうつつてゐるではないか
しんと動かないが
耳を近づけてきいてくれ
その底にしんしんと
力のみなぎるつぶやきが
聞えるではないか

この泉は四方の大きい岩を
じみじみと永い日夜をかけて
絶えずしみとほつて来た水が
一切の汚辱を去り、
みぢんのにごりもとどめず
今朝ここに充ちたものだ
見てくれ、底の砂粒の一つ一つが
宝石のやうにきらきらしてゐる
塵一つ、枯葉の片《かけ》一つ
沈んではゐない
もつと頬をその表面に近づけて
見てくれ
氷のやうな息吹が
泉からたちのぼる冷気が
君の感覚をさしはしないか
さあ

この泉を汲んでくれ
もろ手を出してすくつてくれ

（一九四〇年六月）

最初の単行本『良寛物語　手毬と鉢の子』

一九四一（昭和十六）年の一月、東京の学習社より、南吉に伝記物語の執筆依頼が舞い込みました。これは作家の豊島与志雄《とよしまよしお》の推薦によるもので、南吉は初めての単行本の執筆に大いに意欲を燃やし、ものの二カ月ほどで、この長編の物語を書き上げます。けれど、この期の頑張りがたたって、執筆後の南吉は腎臓病を患い、学校を二週間ほど欠勤しています。その間に自らの死期が近いことを感じとり、仲の良い弟の益吉宛に「遺言状」をしたためています。両親宛ではなく、弟へ託したということに、自分のよき理解者でもあり、渡辺家の跡を継ぐ益吉への強い信頼がすけてみえます。

学習社の決めた『良寛物語』の初版は一万部。好評につき増刷もされ、都合三万五千から四万部という、駆け出しの作家の初めての本としては、破格の部数が刷られました。その年の十二月三日に南吉は、母から伝え聞いた父親の言葉をこう記しています。

「つぼけを造りながら父は「正八はえらいもんになりやがつた、年に千三百円も儲けやがつた」としみじみ云つたさうだ。母がそれをぼくにきかせてくれた。僕は一つの孝行をしたと思

つた。やがてすぐまた不孝をするのだが」（全集第十二巻）
長い間、文学にうつつを抜かす親不孝者と思ってきた息子の突然の面目躍如に驚き、しみじみと感心する父親の表情が浮かんでくるようですが、安城高女の月給が七十円の時代に手にした、印税千三百円の重みは、誰よりも南吉自身がはっきりとその身に実感したことでしょう。

南吉はこの頃、児童文学評論「童話に於ける物語性の喪失」という論考を書いていますが、昨今のジャーナリズムによる悪しき風習によって、作家の「霊感」や作品の「物語性」という肝心要のものが失われつつある状況を憂いています。「童話」はまず口で語られる物として面白くなければならない、という主張はいかにも詩や童話の朗読を好んだ南吉らしい観点であり、これは、躍動感や実感、生の息吹に満ちた物語作家としての南吉の原点ともいうべき思想にも思えます。

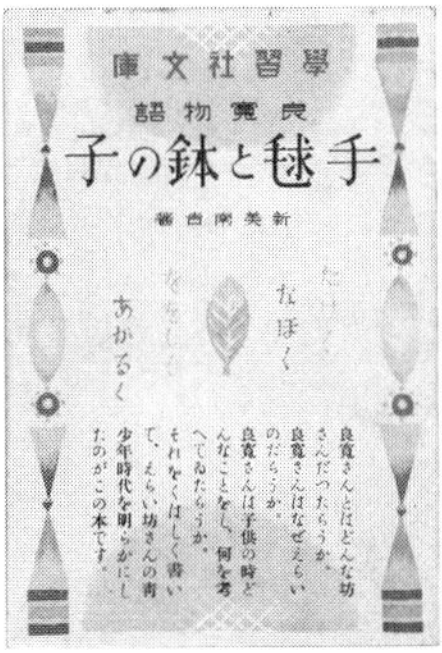

『良寛物語　手毬と鉢の子』

太平洋戦争の開戦と死の気配

英米を相手にした太平洋戦争の開始から間もない、翌一九四二（昭和十七）年一月。年末から腎臓悪化の気配があったため、成岩の中野医院へ行った南吉は腎臓結核の疑いが濃厚であることを知り、死への恐怖に立ちむかう日々となります。前年の『良寛物語』を気に入った学習社より、続けて伝記の執筆依頼を受けていた南吉は、その生き方に感銘を抱いていた都築弥厚《つづきやこう》（安城市の発展の礎となった明治用水の発案者）を題材に選び、伝記の執筆準備にあたっていました。しかし、一月の日記を見ると、この体で自分はどこまで創作が続けられるのだろう、と不安に苛まれることもたびたびあったようです。そんな日々のなか、この年の三月に南吉は教師として、四年間担任をしてきた安城高等女学校の生徒たちをぶじに送り出しています。生徒たちが、卒業式の前後に南吉に書いてもらったという色紙の文章を幾つか紹介しましょう。

「けさ大きい／雲が来た／花束を／満載して」（後藤貞宛）
「けふは椿も咲いた白い椿も／咲いたわかるる日とて咲いた」（杉原初子宛）
「ぷりむらの／そば吹くときは／かぜもあかるく／うれしさう」（早川房枝宛）

若き女生徒たちへ贈られた南吉の短い言葉に、彼女たちの明るい前途を切望する南吉の思いがやわらかににじんでいます。

『伝記　都築弥厚』

一九四一年十二月六日の日記には、伝記執筆の計画をすすめていた都築弥厚の死ぬ前の言葉として、南吉の創作した文章がこう記されています。

「私は死ぬ。けれど私の仕事は死なない。私が死んだあと、一時私の仕事も立ち消えになつたやうに見えるかも知れない。しかし決して消えてしまひはしない。十年か二十年、或ひは五十年の先になるかも知れないが、私の仕事は必ず生きかへつて来る。即ち私の仕事を誰かが受け継いではじめるだらう。何故なら私の仕事は正しいことなのだ。そして正しいことといふものは何時の世が来ても人の間で一番価値のあることなのだ。いかにも人は時々不正に眼をくらまされるときはある。しかしそれは一時のことだ。それがすめばまた人々の眼にはつきり正しいことはうつるものだ」（全集第十二巻）

「お百姓さんたちを過酷な水汲み労働から解放し、暮らしが楽になるように」と「明治用水」を発案し、私財をなげうって信念をもって測量・開削などの仕事にあたった都築弥厚（一七六五～一八三三）。弥厚の生前にはその夢は叶いませんでしたが、明治時代にその遺志を継ぐ人々が現れ、みごとに「明治用水」は完成し、安城発展の礎となりました。

南吉が書きのこしたこの言葉は、死後も作品が自分の代わりに生きつづけてくれるはずだ、と南吉自身が自らにも言い聞かせているようで、胸に迫るものがあります。

校舎の前で

都築弥厚の資料を手にする南吉

童話集の刊行

折しも戦時下の一九四二年半ば頃からは、日本の劣勢が濃厚になっていったこともあり、国内の物資不足も深刻を極めます。「贅沢は敵」と言われ、大人も子どもも「お国のために生きる」忍従の生活を強いられるようになってゆきます。南吉の得意な英語は「敵国語」として必修科目から外され、授業時間も他の科目に振り替えられました。南吉は明確に戦争反対／賛美の意思を表明してはいません。けれども一九三九年二月十一日の日記（全集第十一巻）に、店で会った酔った兵士の言葉を聞いて「彼等は制度にしばられ、鞭打たれ仕方なしに、やけつぱちになつて〝み国のために生命を捧げる〟のに相違ない」とその心境を察していることから、国民から平穏な生活を奪う戦争にやるせない気持ちをいだいていたことがうかがえます。そんな思いを内に秘め、病身をふるいたたせるように、この時期、南吉は次々と童話を書いています。三月に戦時下の子どもたちをえがいた「ごんごろ鐘」、「貧乏な少年の話」、四月に「おぢいさんのランプ」、五月には「牛をつないだ椿の木」「百姓の足、坊さんの足」、「花のき村と盗人たち」ほか、いまに語り継がれる南吉の後期の代表作といってもいい作品たちです。この背景には、新人の童話集の刊行を企画していた出版社、有光社に巽聖歌が南吉を推薦し、童話を書くように声をかけてくれたという経緯がありました。また、春に与田準一からも「赤い鳥」に掲載の作品に新作を加えた童話集の刊行を打診されており、東京時代から自分の才能を認めてくれていた二人の期待に応えてみせよう、自分の童話集を出す夢を実現するんだ、と南吉はがむしゃらに創作にとりくみました。そして、一九四二年十月十日、有光社より、南吉の第一童話集『おぢいさんのランプ』（挿絵・装丁　棟方《むなかた》志功《しこう》）が刊行されます。この童話集を手にした南吉の喜びぶりは相当なもので、聖歌宛の手紙にも「これならば、どこへ出してもはずかしくないと思いました。棟方（志功）氏に頼んでいただけて、まったくよかったと思います」（巽聖歌『新美南吉の手紙とその生涯』）とその感動を記しています。のちに大和書店より第二童話集『牛をつないだ椿の木』（一九四三年九月十日刊）と、帝国教育会出版部より第三童話集『花のき村と盗人たち』（一九四三年九月三十日刊）が相次いで出版されますが、南吉が生前にその刊行を見届けることができたのは、一冊目の童話集『おぢいさんのランプ』だけでした。

最後の創作

一九四三（昭和十八）年一月に入り、いよいよ病気の悪化した南吉は岩滑の実家で療養しながら、創作をつづける日々となります。

「わたしは毎日、吸入をかけたりして正午まで寝てゐます。それから起きて日向で読書します。電灯がともるころから、戸を閉ざすころまで童話を書きます。安城の少女達はだんだん遠い風景になりすでに懐かしい過去のものたちの数に加はらうとしてゐます。

一月十一日　　新美正八

惇子様」（全集第十二巻）

教え子への手紙から、病身をいたわりながらも本を読み、必死に童話の創作にあたる南吉の姿が浮かんできます。また二月十二日には、聖歌宛に未発表の原稿とともにこんな手紙を送っています。

「書留で、新しいのも古いのも、童話でないのも、ともかくいま手許にある未発表のものを全部送りました。いいのだけ拾つて一冊できさうでしたら作つて下さい。草稿のままで失礼とは思ひますが、もう浄書をする体力がありません。

こんどの病気は喉頭結核といふ面白くないやつで、しかも、もう相当進行してゐます。朝晩二度の粥をすするのが、すでに苦痛なのです。

生前（といふのはまだちよつと早すぎますが）には実にいろいろ御恩を受けました。何等お報いすることのなかつたのが残念です。

いや、まだ事務的な話が少し残つてゐました。――もし大和書店から出して下さることになつたなら、さし絵画家の選択、校正など、いつさい大兄にお願ひします。文章のいけないところも沢山あると思ひます。できるだけなほして下さい。もし他とのつりあひから、序あるひは跋が必要なら、それも最後のわがままとして大兄の筆を煩はしたら存じます」（全集第十二巻）

この文面から、南吉は死期の近いことをはっきりと悟っており、自分の未発表の作品をまとめて刊行して欲しいと思っていること、文章によくないところがあれば直してほしいこと、その他いっさいを聖歌に全幅の信頼を寄せて、託していることがわかります。作家・新美南吉として、これらの作品をどうにかして、世の人々に読んでもらいたい、と切望していることも。

南吉はこの一月中にのどの痛みをこらえながら、童話「狐」「小さい太郎の悲しみ」「疣《いぼ》」を書き上げました。最後にとりかかった作品は「天狗」。この物語は未完に終わっていますが、こんなふうに始まります。

「私は東京に住んでゐる画家です。もうずゐぶん長いあひだ絵を描いて来ましたが、あまり有名ではありません。又これからさき、私の名がパッと花火のひらくやうに世にあがることはないだらうと思ひます。けれど、じぶんでいふのもへんですが、或る人達は、いつも私の絵を愛してゐてくれます。これからさきも、その人達の愛はかはることはないと思ひます。もし、その人達が死ねば、その人達に代る人がまたあらはれて、私の絵を愛してくれるだらうと思ひます。それは少数でも、きつと、いつの世でもなくなることはないやうな気がします。と、こんなことを、おくめんもなくいふのは、私は多少自分の絵に自信があるからであります。私は大げさな絵はかきません。つつましい絵をかきます。つつましい絵の中に半分の夢と半分の現実をつきまぜるのです。そのほかのもの、たとへば理想だとか、主張だとか、思想だとか、諷刺だとか、いふものも、その時の気分でまぜることもあります、まぜぬこともあります。しかしいつも、欠けぬものは夢です。私どもの日常生活のがらくたの向ふにある（或る特別な人々にだけある）夢です」（全集第六巻）

東京に住んでいる画家が小学校に絵の注文を受けて、久しぶりに故郷の知多半島の実家に帰省して絵を描いている、という設定ですが、この画家に南吉自身が投影されていることは明白です。そして、冒頭の画家の独白に、南吉の創作論や作品にこめた願いもはっきりと述べられていて、ぐっと心に迫ります。最後の物語に慣れ親しんだふるさとの半田岩滑を登場させている南吉の心境はいかなるものだったのでしょうか。自分にはやはり、南吉が生まれ育った地域の風土、両親や交流のあった人々、その生活を大切な原風景として、そっとみせてくれたように感じられてなりません。

のち南吉は病気による長期欠勤のため、二月に安城高等女学校を退職し、父親に宛てて遺書を書きました。そして、三月二十二日午前八時十五分、喉頭結核により息をひきとりました。南吉は、中学校卒業時に「我が母も我が叔父もみな夭死せし我また三十《みそじ》をこえじと思ふよ」と自らの早逝を予見していますが、そのとおりの、二十九年七ヵ月という短い生涯でした。

最後に、亡くなる一ヵ月前に南吉が書いた、教え子の佐薙好子宛の手紙の一節を引きます。

「たとひ僕の肉体はほろびても君達少数の人が（いくら少数にしろ）僕のことをながく憶えてゐて、美しいものを愛する心を育てて行つてくれるなら、僕は君達のその心にいつまでも生きてゐるのです」（全集第十二巻）

新美南吉の作品には、逆境に負けずに「生きるため」の言葉がつまっています。それは、何かの間違いで「人間に生れてしまった」者がその意味を見出そうと格闘した、不器用でうつくしい軌跡です。そして、南吉の心には、かれを育んだ「ふるさと」がいつも温かく息づいていました。

ふるさと文学散歩 4

安城高等女学校・南吉の下宿先《愛知県安城市桜町・新田町出郷》

1938年4月からの5年弱を教師として勤めた南吉の最後の勤務先（安城高等女学校）。現在跡地には安城市立桜町小学校が建っている。

英語、国語、農業の授業を受けもち、生徒たちと詩文集を制作したり、作文指導に熱を入れたり、女学生たちと心のこもった交流をした場所。

病身ではあったが、安心して教育と創作に励むことのできたこの期間は南吉の人生において、かけがえのないときだったろう。

亡くなる前の南吉の幸せな数年間にしばし、想いをめぐらせた。

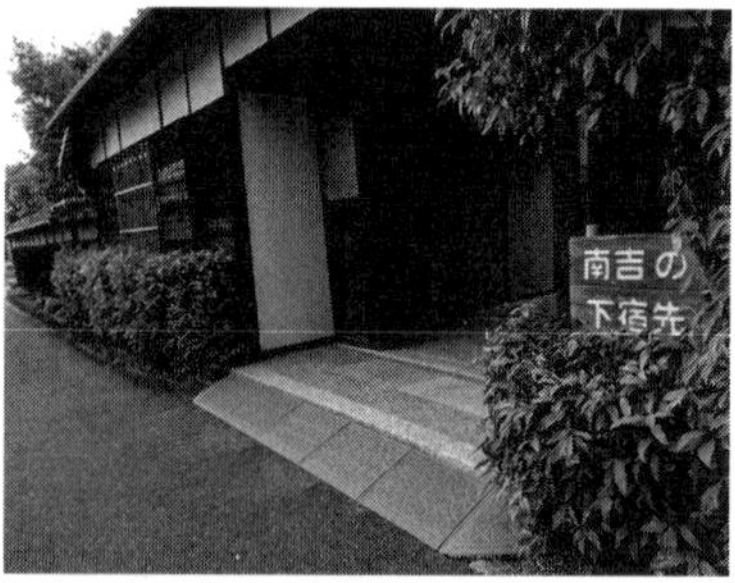

安城市出郷にある、南吉の下宿先（大見坂四郎家の門長屋の一室）。

南吉は1939年4月から、1942年末頃までここに下宿。

南吉の顔を洗った井戸も残っている。南吉がここで過ごした時間は、ひとり自己とむきあう貴重な時間だったのだろうな、と思った。

＊住宅街にある個人所有物件のため見学は午前10時から午後3時までの間が望ましい。

南吉の下宿先
北安城駅
安城中部小学校
保育園
明治用水
三河安城
安城駅
東井筋
北明治稲荷社
新明町東
東海道本線
名鉄西尾線
豊橋
アンフォーレ
桜町小学校(安城高等女学校)

新美南吉記念館探訪

新美南吉記念館外観

二〇二一年二月。半田市岩滑西町にある、新美南吉記念館を初めて訪れた。記念館は建物の大部分が地下にあり、屋根の部分が山のような流線型のフォルムの緑地になっていて、周囲の自然と完全な調和を見せていた。大地と一体化した斬新でうつくしいデザインにほうっと溜息が出る。館のほど近くには「ごん狐」の舞台である矢勝川とその向こうには権現山が見え、まるで、ごんの庭へ遊びに来たようで、心が浮き立つ。

新美南吉記念館外観

子どもたちの歓声でにぎやかな「ごん狐広場」を背にあたりを散策すると、「また今日も己を探す」（一九三七年二月、病で東京より帰郷した南吉が日記に記した言葉）碑、「デンデンムシノカナシミ」碑、狐の親子をかたどった「手袋を買いに」碑、「童話の森」の入口があり、南吉の作品や言葉、その世界観を大切にここが形作られていることをほのぼのと感じとれた。

南吉の像と設立の言葉

入口から、南側のガラス窓から差し込む陽を浴びつつ、階段をくだってゆくと、椅子で読書する南吉の像と、記念館（一九九四年六月開館）の設立趣旨の言葉に出会う。「ここ中山は、新美南吉の作品「ごん狐」の舞台となったところです。当館は、新美南吉の生誕八十周年、没後五十周年を記念し、長年にわたる関係各位のお力添えと深いご理解を受け、この地に設立されました。南吉の残した各種の資料を始め、児童文学関係・郷土関係・教育関係の図書資料を収集し、郷土性豊かな南吉文学に広く親しむことを目的としています。四季折々に変化する童話の森を背景に、眼下に広がる権現山や矢勝川、土の匂いとともに広がる田園風景など、自然に親しみながら、人と人との出合いと心のふれあいを大切にする場として、南吉顕彰とともに全国的な規模での文化交流の拠点となるよう願っています」。これを読み、ふいに（南吉さんがこの言葉と記念館を見たら、どれだけ嬉しかろう）と思う。

床に点々と記された狐の足跡を追ってゆくと「展示室」へといざなわれる。と、右手に黒いシルクハットの大きな看板が。これは、「手袋を買いに」の帽子屋じゃないか！「このお手々にちょうどいい手袋下さい」。店をのぞきこむ子狐の姿がなんとも愛らしい。

南吉の像

常設展示室へ

天井にかかる「はりきり網」などの「ごん狐」にまつわる資料、「おじいさんのランプ」に登場する大きな木のお出迎えに頬がゆるむ。

「手袋を買いに」の
帽子屋と子狐

周回すると、草稿「権狐」をはじめとした自筆原稿の数々、日記の言葉、書簡、寄稿した雑誌群、人生の折々の南吉の表情をおさめた写真が広々とした館内に見やすく展示されている。人生に沿って配置された「パネル」には各時代ごとの南吉についての解説が記され、その二十九年七ヵ月の生涯を生き生きとたどることができた。また「ごん狐」の舞台紹介や、「手袋を買いに」や「狐」など童話の世界を再現したジオラマなどもあり、なんとも楽しい。ビデオシアターでは「ごん狐」「手袋を買いに」のアニメーションが上映され、「手袋を買いに」は内容を知っているのに、観ていて、じわっと涙がこぼれた。

上から見た常設展示室

　そして、東京時代の下宿の再現部屋には驚いた。三畳一間に電球が一つ、書棚が一つ、文机と座布団一つ。こんなにも簡素な部屋で勉強し、多くの作品を創作し、東京の青春をかみしめ、生活していたんだなと感じ入る。

「おぢいさんのランプ」の木

　なお、常設展示の他にも、「ストップモーションアニメーションごんの世界 2023」（二〇二三年）、「南吉の昭和十七年」（二〇二二年）、「コロナ禍に南吉を読む～感染症と新美南吉～」（二〇二一年）、『赤い鳥』創刊百年記念特別展『赤い鳥』がくれたもの～新美南吉・夢と出会い～」（二〇一八年）など、創意工夫に富んだ多様な企画展を毎年行っており、その展示時期に合わせてゆけば、さらに違う角度で楽しめること間違いなし。

ちなみに二〇二三年は「新美南吉生誕一一〇年」を記念し、（準備の休館期間をへて）一月四日から開館、常設展示がリニューアル公開されている。リニューアルの内容としては、一九九四年の開館時からほぼ変わっていなかった常設の展示パネルが全て一新された。パネルの台や地の色が明るく、文字が見やすくなるとともに「子ども向け解説」や、要所に英語・中国語でも展示の文章が読めるQRコードが付され、より優しく広い視野にたった来館者への工夫と配慮が印象的。また入口の「ごんぎつね」コーナーがさらに充実し、各所に新資料がお目見えしていたり、河和・安城の位置関係の分かる地図なども新たに設置された。

年始の「生誕一一〇年開幕祭」を皮切りに、年間をつうじ、さまざまなイベントが催されるようなので、「新美南吉記念館」website を要チェックだ。

図書閲覧室

圧巻だったのは図書閲覧室。新美南吉の各版元の刊行した全集や、童話、絵本、研究書や日本の児童文学にまつわる文献、郷土資料、南吉の蔵書等が一挙に展示され、南吉文学を深く思索できる至高の空間となっている。

書棚に南吉についての関連書をまとめた一角があり、気になる本を手にとっては夢中で読んでいたら、おや？なんと拙著『心に太陽をくちびるに詩を』（冒頭が新美南吉の章）を発見。南吉単体についての本ではない（五十三人の詩と詩人を紹介するエッセイ集）のに、見つけたのかな？とのちに館の方に質問したら「南吉にまつわる章があれば、どんな本でも所蔵する方針」とのことで、周到な探索力に脱帽だ。

「ごん狐」と「権狐」

そして、十八歳の南吉の「赤い鳥」への投稿作品「権狐」草稿全編（『校定 新美南吉全集』第十巻に収録）も、ここで初めて目にすることができた。以前に、一般に流布している現行の「ごん狐」は、南吉の草稿に「赤い鳥」主宰・編集の鈴木三重吉がかなりの修正を加えたものと知り、オリジナルを読んでみたかったのだ。果たして――

現行「ごん狐」と草稿「権狐」を併読すると、三重吉は草稿の説明的で冗長な部分を大胆に削除し、方言を標準語に直すなどの修正をしているが、そのあらすじなど物語の骨格にはいっさい手を加えていなかった。ただ、随所に細かな修正があり、なかでも、大きな直しだなと驚いたのが、ごんが兵十に銃で撃たれたラストの場面。南吉の草稿では「権狐は、ぐつたりなつたまま、うれしくなりました。兵十は、火縄銃をばつたり落としました」とあるのだが、三重吉修正版では「ごんは、ぐつたりと目をつぶつたまま、うなずきました。兵十は火縄銃をばたりと、とり落としました」となっていて、ごんの内心を表す表現をばっさり削除している。そして、三重吉修正版のほうが、読後にはるかに余韻がのこる。

これを読む前は原文に手を入れた鈴木三重吉になんとなく反感をいだいていたのだが、その思いは霧消した。草稿の魅力と特色の一つである地域性・郷土性が薄まったことは残念である。けれども、この「権狐」が文学作品として多くの読者を得られるよう、一般化し、芸術性を高める方向での直しであることがはっきりとわかったからだ。原典をあたることの肝要さや、面白さを改めて感じた瞬間だった。

また、府川源一郎『「ごんぎつね」をめぐる謎』に「ごん狐」について、教師は絶賛の立場でも否定の立場でも教えてほしくない、子どもたちとともに無心で読みながらその価値を創造していってほしい、という主旨のことが記されていて、ひどく胸に刺さった。それは、きっと南吉自身の願いでもあるだろうから。

童話の森

その「ごん狐」に登場する中山さまのお城があったという場所にあるのが南吉記念館に隣りあう「童話の森」だ。記念館前の「はりきり橋」から、「あじさいの道」を歩いてゆくと、じょじょに緑が深くなり、しめった土と緑の呼吸がなんともいい匂い。歩道のかたわらに、ときどきに樹木紹介があるのも楽しい。「センダン」の木の看板には、「せんだんのえだひかるんだ。／めをもつえだがひかるんだ。」（「ひかる」）と南吉の詩の一節も記されていて、嬉しくなる（「センダン」を紹介する道先案内虫もいた）。

ステージのある広い「花のき広場」と、その奥には、「兵十橋」もあり、南吉の童話のなかへ、迷いこんだようでもあり、のんびり散策するには絶好のスポットである。なお、この「童話の森」では「南吉作品の朗読会」や「文化祭」などの素敵なイベントがときおり開催されている。

童話の森（入口）

ごんの贈り物

記念館に併設されたcafe&shop。南吉関係の絵本や書籍のほか、市内の銘菓や南吉童話グッズなどがにぎやかに並び、爆買い必至のスポットだ。オリジナル珈琲「権ブレンド」もとてもおいしい。

「センダン」を紹介するカマキリ

新美南吉記念館

〒475-0966

愛知県半田市岩滑西町1-10-1

TEL 0569-26-4888

FAX 0569-26-4889

開館時間

午前九時三十分～午後五時三十分

休館日

毎週月曜日・毎月第二火曜日（祝日または振替休日のときは開館し、その次の開館日が休館になります）・年末年始

（37ページの地図参照）

名鉄河和線「半田口駅」より徒歩二十分、「知多半田駅」よりバスで十五分の場所にある。

第二章　詩と幼年童話

〈詩〉

i　白紙の子どもたち

ひかる

ひるはどこもがひかるんだ。
みてるとどこもがひかるんだ。

ぼうしのひさしがひかるんだ。
たれのひさしもひかるんだ。

フットボールがひかるんだ。
たかいおそらがひかるんだ。

せんせいのかほひかるんだ。
にこにことしてひかるんだ。

せんだんのえだひかるんだ。
めをもつえだがひかるんだ。

こうていのこゑひかるんだ。
みんなのこゑがひかるんだ。

がつこうのそらひかるんだ。
みてるとひるがひかるんだ。

雨の音

ざんざん
ざんらん
雨の音。
　ざんらんを
お風呂できいてる。

ざんざん
ざんらん
木の幹は、
　ざんらんに
あをくぬれてる。

ざんざん
ざんらん
風もある。
　ざんらんは
寒い音だよ。

ざんざん
ざんらん
母さんは
　ざんらんに
帽子あんでる。

道

道は垣根にそつていく、
お堀や畑にもそつていく。

坂ならたらたら下りていく
丘ならうねうねのぼつてく。

森や林はぬけていく、
小川や溝はまたいでく。

子供が縄とびしてゐても
牛がながながねてゐても

いたちがついとよぎつても
霞が遠くをかくしても、

道はけつしてとまらない、
道はけつして迷はない

そしてどこかへいつちまふ
どこかへ道はいつちまふ。

球根《たま》

この球根は
誰か住んでる。
春の芽を
そろへてゐるよ。

この球根に
誰かいきする。
花の芽を
だつこしてるよ。

この球根よ

誰かねてゐる。
あたたかい
春をまつてよ。

月は

I

月は
貧しい
田舎では
木犀みたいに
匂ふといふ

II

碾割麦《ひきわり》で
粥《かゆ》つくる、
貧しい村中
匂ふといふ。

III

麻屑みたいな
ちぢれ毛の
子供はそれを
かぐといふ

IV

ランプのそばに
坐つてて
ひもじいけれど
かぐといふ。

V

かいでもかいでも
匂ふといふ
月は杳《はる》かに
匂ふといふ。

雨蛙に寄せる

石の上なる
雨蛙
春のよき陽の
さすままに
閑《のど》かにときを
すごすべし
ひとり念《おも》ひて
倦《う》みたらバ
いつすんその居《きょ》を
うつすべし
石の上なる
雨蛙
われもわびつつ
ありふるを
ともに春陽に
照らされむ

貝殻

かなしきときは
貝殻鳴らそ。
二つ合わせて息吹きをこめて。

静かに鳴らそ、
貝がらを。

誰もその音を
きかずとも、
風にかなしく消ゆるとも、

せめてじぶんを
あたためん。

静かに鳴らそ
貝殻を。

ⅱ　生きる道

詩人

闇黒《あんこく》の中に
一点の光を見つけると、
その中から

何か詩趣を見出さなければ
おかない俺だ。

俺は
一介の儚ない詩人なのだ。

俺は只、
太陽と地球の間に
生滅する事実を
紙の上に書き連ねてゐる
馬鹿な男なのだ。

馬鹿な奴は沢山ある。
西行、良寛、芭蕉、皆然りだ。
ミレーも然り、コローもさうだ。
彼等は皆
芸術に夢中となつて、
西行、芭蕉は寂しい旅路を辿り、
良寛は世の人の嘲罵の的となり、
ミレー、コローは
自分の身を悪い境遇に置いた。

併《しか》し！
彼等には芸術と云ふものがあつた。
忘れられない芸術があつたのだ。
それで彼等は自分の身を
少しも顧みなかつたのだ。
芸術は
それ程価値のあるものだらうか。

芸術が好いものか、悪いものか、
そんな事は知らない。
いや、俺は考へない。
只、俺は、
天地の間から詩趣を見出せば好い。
そんなに俺は馬鹿げた男なのだ。

神

神がどこかにゐるならば
どこかに微笑《わら》つてゐるならば

かくれんぼうをしてるよに
木蔭にこつそりゐるならば

おにごつこでもしてるよに
遠くで招いてゐるならば

それとも風にのつてゐて
梢に光つてゐるならば、

それとも蕾の中にゐて
かそかに息づくものならば

私は探さう、その神を、
私は探さう、その神を、

秋陽

秋陽は
ひとりが
好きなのか
誰もゐない
　部屋に
窓からこつそり
はいつて来て
椅子のうしろを
あたためてゐる

墓碑銘

この石の上を過《よ》ぎる
小鳥達よ、
しばしここに翼《はね》をやすめよ
この石の下に眠つてゐるのは
お前達の仲間の一人だ
何かの間違ひで
人間に生れてしまつたけれど
（彼は一生それを悔ひてゐた）
魂はお前達と
ちつとも異らなかつた
何故なら彼は人間のゐるところより
お前達のゐる樹の下を愛した
人間の喋《しゃべ》舌る憎しみと詐《いつは》りの
言葉より

お前達の
よろこびと悲しみの純粋な言葉を愛した
人間達の
理解しあはないみにくい生活より
お前達の
信頼しあつた
つつましい生活ぶりを愛した
けれど何かの間違ひで
彼は人間の世界に
生れてしまつた
彼には人間達のやうに
お互を傷《きずつ》けあつて生きる勇気は
とてもなかつた
彼には人間達のやうに
現実と闘つてゆく勇気は
とてもなかつた

ところが現実の方では
勝手に彼に挑んで来た
そのため臆病な彼は
いつも逃げてばかりゐた
やぶれやすい心に
青い小さなロマンの灯をともして
あちらの感傷の海へ
またこちらの幻想の谷へと
彼は逃げてばかりゐた
けれど現実の冷たい風は
ゆく先ゆく先へ追つかけていつて
彼の青い灯を消さうとした
そこでたうたう危くなったので
自分でそれをふつと吹きけし
彼は或る日死んでしまつた
小鳥達よ

真実彼はお前達が好きであつた
たとひ空気銃に打たれるにしても
どうしてこの手が
翼でなかつたらうと
彼は真実にさう思つてゐた
だからお前達は、小鳥よ、
時々ここへ遊びに来ておくれ
そこで歌つてきかせておくれ
そこで踊つてみせておくれ

彼はこの墓碑銘を
お前達の言葉で書けないことを
ややこしい人間の言葉でしか書けないことを
返す返す残念に思ふ

〈無題〉大人が

大人が子供にいつた、
「この美しい本をあげよう」と
子供は喜んで訊ねた
「いつくれるの」
大人「来年になつたら」
子供は早く来年に
なればいいなと思つた
しかし次の日大人がいつた
「もうこの本をあげないよ」
子供はそつと唇をかんだ
そしてとほくの雲を見てゐた
大人はちよつと
すまなく思つた
しかし大人は考へた

「何も文句はない筈だ
何一つ損したわけぢや
ないのだから」
なるほど子供に文句はなかつた
だが子供は何も損しなかつたらうか
人の言葉を信じるといふ
尊い心を少うしばかり
子供は失ひはしなかつたらうか

春風

――母死にまして二十年
兄も亦《また》幼にして逝けり

お母さん　あなたの俤《おもかげ》は
春　乳母車にのつてやつて来る

わたしが戸口に凭《もた》れて
埃を追つてゆく春風を見てると
あなたは乳母車に乗つて
私の兄さんに押させて来る
お母さん　あなたは
やさしい仏様達の国から
　来たのに
大きな明るい蓮の花の傍から
　来たのに
何といふ貧しさでせう
あなたは窶《やつ》れてゐる
あなたの着物は手織の木綿です
そしてこの乳母車は強い匂ひのする
　藤車で
きゆろきゆろと小鳥のやうに
　鳴くのです

お母さん　あなたは何処《どこ》へいくのですか
　と私が訊くとあなたはかう答へる
——私はまたお医者へいくんだよと
お母さん　あなたはさういつてまた
まだ羽織の肩揚げのとれない兄さんに
押されて行く
幼い兄さん　桃の木の下を通るときには
一枝をお母さんが折りとれるやうに
その乳母車をとめて下さい
桃の蕾《つぼみ》はまだ小さくつても

お母さん　あなたの俤は
かうして春の真昼ころ
私が戸口に凭れて通りを見てると
乳母車でやつて来てやがて行つてしまふ
——春風と来て春風といつてしまふ

手

お父さん
あなたの手は
鶏のあしのやうにみにくくまがり
毎日
石で叩かれたやうに
こちこちです
冬は乾いた餅のやうに
ひ割れるので
風呂のあと
あなたは黒い膏薬を
詰めるのです
ひびの中に
あなたは自分の手が
ひとの手のやうに

自由にならない
畳の上の一銭銅貨を
拾ふとき
どんなに不様《ぶざま》に
どんなに苦労される
　ことか
私が僅かばかりの
年末賞与を
貰つて来たといへば
お父さんあなたは
両膝を木彫のかなしい
老人のやうに小さく
　揃へ、
その上に
あなたのこちこちの
手を置くのです

さうです
あなたの手は
永い年月を
石のやうなものに
叩かれ
叩かれどうして
来たのです
その手であなたは
一途に
生活を闘つて
来たのです
あなたはそして
私の手とあなたの
手を見較べ
息子の手が
柔かく美しいのを

喜ぶのです
息子は
月給取りです
楽に生きてゐますと
村の人々に
言ふのです
お父さんそれは　しかし
間違つてゐる
さうです私の手は
柔かく弱々しい
だが私の精神の
手がどんなに
闘つてゐるか
あなたには見えない
お父さん、その手が
夜といはず　昼と

いはず
石のやうなものに
叩かれ
叩かれどうして
どんなに血みどろに
なり
くたくたに疲れて
ゐるか
あなたには見えない
あなたの手を叩いたものが
何であつたか
あなたによく
解らなかつたやうに
わたしにはわたしの
手を叩いて来るものが
何者かよく解らない

お父さん　やがて
私のこの血みどろの
手も
あなたのその手のやうに
こちこちになり
ひ割れて
冬の陽に
かじかむときが
来るかも知れません

工房

樹木の中の
小さな部屋
小径に面した

小さい窓
窓の下の
小さい机
友人達のやうに
親しい小さい書物達
一人の手をあたためるだけの
小さい火鉢
小さい花ばかりさす
小さい花瓶
燕の絵のあるマッチ箱、
ほこりのつもつた電灯の傘、
灰皿代りの空缶
書物の上にこちら向いてる
桶をいただいた土人形
ここが私の工房だ
今私は帰つて来た

一週間の休暇ののちに
一週間の現実に疲れて
別れて来た肉親の顔が
うすらぐ
様々の言葉が、力が
影が象が遠のく
ああ私の来るのは
ここだつた
さあ私の心が歩きだした
心よ歩いておゆき
おまへのすきな小さい道を
心よそして歌ひなさい
おまへのすきな小さい歌を

私は煙草に火をつけて
しみじみ私の工房を

ながめる

iii　喜びかなしみのかなたに

花

今朝はこんなに
みんなが花を
持つて来てくれた
教室の隅の花瓶に
いつぱいで
重くて持てないほどだ
芙蓉《ふよう》もある
萩もある
尾花もある
女郎花《おみなえし》もある
百日紅《さるすべり》も坊主花も
名も知らぬ花も——
押しあつて押されて
こぼれた花がこんなに
床にちらばつてゐる
なんてすばらしいことだ
今朝はこんなに
みんなが花を持つて来てくれた

あの少女も持つて来たらう
この少女も持つて来たらう
そして
彼女達は
花といつしよに
今朝は何か明るい美しいもの
やさしい澄んだものも
持つて来たらう
彼女達が持つて来た花と
それといつしよにもつて来た
美しいもので
今朝のここはこんなに
明るい
私は教室にはいりかけて
思はずほほえんだ
思はずほほえんだ

小さな星

彼ハ小さな星です
片隅にまたたいてゐます
太陽の雄弁もありません
月の抒情も持ちません
金星の魔術もないのです
彼は小さな星です
花屋が落していつた菫《すみれ》ノ一輪です
少女がすつた燐寸《まつち》の一本です
草の葉にかくれた子供の螢です
夜　それぞれの星が　それぞれの
　沈黙で歌ふとき
遠い太古《むかし》、深い森、
黒い海、大きな炎、
戦争やときめく心臓のことなど

歌ふとき

彼は小さな星です
小さい虫や小供《ママ》のことを
うたひます
咳をしながらとぎれとぎれに
うたひます

風が吼《ほ》える晩や
霧が湧く夜は
どつかへ隠れてしまひます

月が照らす空や
窓の明るい街では
自分の火をふきけしてしまひます
彼は小さな星です
梢の小枝にひつかかつて
小さい眼をしばたたいてゐます。

寓話

うん、よし、話をしてやらう
昔　旅人が旅をしてゐた
何といふ寂しいことだらう
彼はわけもなく旅をしてゐた
あるひは北にゆき　あるひは西にゆき
大きい道や小さい路をとほつていつた
行つても行つても
彼はとどまらなかつた
降つても照つても
彼はひとりだつた
とある夕暮寂しさに

たへられなくなつた
あたりは暗くなり誰も彼に
呼びかけなかつた
さうだそのとき、行手に一つの
灯を見つけた
竹むらの向うにちらほらしてゐた
旅人はやれうれしや
あそこにゆけば人がゐる
何かやさしいものが待つてゐさうだ
これでたすからうと
その灯めあてに急いでいつた
胸がおどつてゐた
寂しさも忘れてしまつた
だが、旅人が
何に迎へられたとみんなは想ふ
なるほどそこにはやさしい人々がゐた

灯のもとで旅人はたのしいひとときを過した
だが外のものを吹く風の音を
きいたとき旅人は思つた
私のゐるのはここぢやない、
私の心はもうここにゐない
寂しい野山を歩いてゐる
旅人はそそくさと草鞋をはいて
自分の心を追つかけるやうに
その家をあとにした
旅人はまた旅をしていつた
また別の灯の見えるまで
何といふ寂しいことだらう
彼はとどまることもなく旅をしていつた
この旅人は誰だと思ふ
彼は今でもそこら中にゐる
そこら中に一ぱいゐる

君達も大きくなると
一人一人が旅をしなきやならない
旅人にならなきやならない

支那漢口へ移つてゆく子に

お前が日本を去る日は
秋の空　紺ぺきに流れ
ひるも　すずしく
蟋蟀が鳴いてる
お前を送るとてクラスのものは
小さい教室に　花をかざつて
ともにならつたかなしい唱歌をうたふ
お前の親しかつたあの子に
花束を贈る役　命じたらば

頭をふつて　拒み
「泣くから嫌です」といつた
私はそんな　感傷を
好まぬけれど
真実ならば
しやうもない
お前が日本を去る日は
日本はいつものやうに
かうも美しい
お前は寂しいときに憶ひ出すのだ
海の東に
美しい、やさしい　お前の
祖国のあることを
海の東に
五十余人の
親しいお前の友達がゐることを

木

木はさびしい

木は老人の手のやうな幹を
冬陽にてらされながら
はてもなく淋しい

ある日ふと私は
木のさびしさにふれた

ああ、
さうざらしい生活の中から
歩いて来て
木の幹をなでたとき
私の掌に

それが伝つて来た

木のさびしさはあつたかかつた
向うに白い雲も見えて

お伽噺

春になると神様は御掌をひらいて
鶯をはなつてやるのです

鶯は田舎にとんでいつて
手近なところからはじめます

まづ松林のよろこびを
うたつてやる

松たちは満々として
黙つてる

小さい池のかなしみも
うたつてやる

池は感謝して
黙つてる

土堤の草たちのぐちも
うたつてやる

草たちはこれ以上望まぬと
黙つてゐる

一人でゆく雲のさみしさも
うたつてやる

雲はといきをついて
黙つてゐる

小川のくだらぬ訴へも
うたつてやる

小川はびつくりして
（しばらく）黙つてゐる

牛と百姓のつつましいねがひも
うたつてやる

牛と百姓は立ちどまつて

黙つてゐる

傾いた家の古い憂愁も
うたつてやる

古い家は身うごきも
せず黙つてゐる

澄んだ泉の美しいのぞみも
うたつてやる

泉はうれしくて
黙つてゐる

そのうち日暮がやつて来る
鶯はぐつたり疲れます

夜になると神様はしげみの中に
鶯をしまふのです

それから別の御掌をひらいて
月夜をはなつてやるのです

〈幼年童話〉

里の春、山の春

野原にはもう春がきていました。

桜《さくら》が咲き、小鳥はないておりました。

けれども、山にはまだ春はきていませんでした。

山のいただきには、雪も白く残っていました。

山のおくには、おやこの鹿《しか》がすんでいました。

坊《ぼう》やの鹿は、生れてまだ一年にならないので、春とはどんなものか知りませんでした。

「お父ちゃん、春ってどんなもの。」

「春には花が咲くのさ。」

「お母ちゃん、花ってどんなもの。」

「花ってね、きれいなものよ。」

「ふウん。」

けれど、坊やの鹿は、花を見たこともないので、花とはどんなものだか、春とはどんなものだか、よくわかりませんでした。

ある日、坊やの鹿はひとりで山のなかを遊んで歩きまわりました。

すると、とおくのほうから、

「ぼオん。」

とやわらかな音が聞えてきました。

「なんの音だろう。」

するとまた、

「ぼオん。」

坊やの鹿は、ぴんと耳をたててきいていました。やがて、その音にさそわれて、どんどん山をおりてゆきました。

山の下には野原がひろがっていました。野原には桜の花が咲いていて、よいかおりがしていました。

いっぽんの桜の木の根《ね》かたに、やさしいお爺《じい》さんがいました。

仔鹿《こじか》を見るとお爺さんは、桜をひとえだ折って、その小さい角《つの》にむすびつけてやりました。

「さア、かんざしをあげたから、日の暮れないうちに山へおかえり。」

仔鹿はよろこんで山にかえりました。

坊やの鹿からはなしをきくと、お父さん鹿とお母さん鹿は口をそろえて、

「ぼオんという音はお寺のかねだよ。」

「おまえの角についているのが花だよ。」

「その花がいっぱい咲いていて、きもちのよいにおいのしていたところが、春だったのさ。」

とおしえてやりました。

それからしばらくすると、山のおくへも春がやってきて、いろんな花は咲きはじめました。

こぞうさんの　おきょう

やまでらの　おしょうさんが　びょうきに　なりましたので、かわりに　こぞうさんが　だんかへ　おきょうを　よみに　いきました。
おきょうを　わすれないように、こぞうさんは　みちみち　よんで　いきました。
キミヨ

ムリョ
ジュノ
ライ

するとなたねばたけの　なかに　うさぎが　いて、

「こぼうず　あおぼうず。」

と　よびました。

「なんだい。」

「あそんで　おいきよ。」

そこで、こぞうさんは　うさぎと　あそびました。しばらく　すると、

「やっ　しまった。おきょうを　わすれちゃった。」

と　こぞうさんが　さけびました。

するとうさぎは、

「そんなら　おきょうの　かわりに、
むこうの　ほそみち

ぼたんが　さいた

と　おうたいよ。」
と　おしえました。
こぞうさんは　だんかへ　いきました。そして、うさぎの　おしえて　くれたように、ほとけさまの　まえで、

むこうの　ほそみち
ぼたんが　さいた
さいた　さいた
ぼたんが　さいた

と　かわいい　こえで　うたいました。
きいて　いた　ひとびとは　びっくり　して　目を　ぱちくり　させました。それから　くすくす　わらいだしました。こんな　かわいい　おきょうは　きいた　ことが　ありません。
そこで、ごほうじが　すむと、だんかの　ごしゅじんは　すました　かおで、

「はい、ごくろうさま。」

と、おまんじゅうを　こぞうさんに　あげました。

「ごちそうさま。」

と　こぞうさんは　おまんじゅうを　いただいて　たもとに　いれました。

こぞうさんは、かえりに　その　おまんじゅうを、さっきの　うさぎに　わけて　やること
を　わすれませんでした。

がちょうの　たんじょうび

ある　おひゃくしょうやの　うらにわに　あひるや、がちょうや、もるもっとや、うさぎや、いたちなどが　すんで　おりました。
さて、ある　ひの　こと　がちょうの　たんじょうびと　いうので、みんなは　がちょうの
ところへ　ごちそうに　まねかれて　いきました。
これで、いたちさえ　よんで　くれれば、みんな　おきゃくが　そろう　わけですが、さて、

いたちは　どう　しましょう。

みんなは　いたちは　けっして　わるものでは　ない　ことを　しって　おりました。けれど、いたちには　たった　ひとつ、よく　ない　くせが　ありました。それは　おおぜいの　まえでは、いう　ことが　できないような　くせで　ありました。なにかと　もうしますと、ほかでも　ありません、おおきな　はげしい　おならを　する　ことで　あります。

しかし、いたちだけを　よばないと　いたちは　きっと　おこるに　ちがい　ありません。

そこで、うさぎが　いたちの　ところへ　つかいに　やって　いきました。

「きょうは　がちょうさんの　たんじょうびですから　おでかけ　ください」

「あ、そうですか」

「ところで、いたちさん、ひとつ　おねがいが　あるのですが」

「なんですか」

「あの、すみませんが、きょうだけは　おならを　しないで　ください」

いたちは　はずかしくて、かおを　まっかに　しました。そして、

「ええ、けっして　しません」

と　こたえました。

そこで　いたちは　やって　いきました。

いろいろな　ごちそうが　でました。おからや、にんじんの　しっぽや、うりの　かわや、おぞうすいや。

みんなは　たらふく　たべました。いたちも　ごちそうに　なりました。

みんなは　いい　ぐあいだと　おもって　いました。いたちが　おならを　しなかったからで　あります。

しかし、とうとう、たいへんな　ことが　おこりました。いたちが　とつぜん　ひっくりかえって、きぜつして　しまったのです。

さあ、たいへん。さっそく、もるもっとの　おいしゃが、いたちの　ぽんぽこに　ふくれたおなかを　しんさつしました。

「みなさん」と　もるもっとは、しんぱいそうに　して　いる　みんなの　かおを　みまわして　いいました。

「これは、いたちさんが、おならを　したいのを　あまり　がまんして　いたので　こんなことに　なったのです。これを　なおすには、いたちさんに　おもいきり　おならを　させるより　しかたは　ありません」

やれやれ。みんなの　ものは　ためいきを　して　かおを　みあわせました。そして　やっぱり　いたちは　よぶんじゃ　なかったと　おもいました。

去年の木

いっぽんの木と、いちわの小鳥とはたいへんなかよしでした。小鳥はいちんちその木の枝で歌をうたい、木はいちんちじゅう小鳥の歌をきいていました。

けれど寒い冬がちかづいてきたので、小鳥は木からわかれてゆかねばなりませんでした。

「さよなら。また来年きて、歌をきかせてください。」

と木はいいました。

「え。それまで待っててね。」

と、小鳥はいって、南の方へとんでゆきました。

春がめぐってきました。野や森から、雪がきえていきました。

小鳥は、なかよしの去年の木のところへまたかえっていきました。

ところが、これはどうしたことでしょう。木はそこにありませんでした。根っこだけがのこっていました。

「ここに立ってた木は、どこへいったの。」

と小鳥は根っこにききました。

根っこは、

「きこりが斧《おの》でうちたおして、谷のほうへもっていっちゃったよ。」

といいました。

小鳥は谷のほうへとんでいきました。

谷の底には大きな工場があって、木をきる音が、びぃんびぃん、としていました。

小鳥は工場の門の上にとまって、

「門さん、わたしのなかよしの木は、どうなったか知りませんか。」

とききました。

門は、

「木なら、工場の中でこまかくきりきざまれて、マッチになってあっちの村へ売られていったよ。」

といいました。

小鳥は村のほうへとんでいきました。

ランプのそばに女の子がいました。

そこで小鳥は、

「もしもし、マッチをごぞんじありませんか。」

とききました。

するとと女の子は、

「マッチはもえてしまいました。けれどマッチのともした火が、まだこのランプにともっています。」

といいました。

小鳥は、ランプの火をじっとみつめておりました。

それから、去年の歌をうたって火にきかせてやりました。火はゆらゆらとゆらめいて、ここころからよろこんでいるように見えました。

歌をうたってしまうと、小鳥はまたじっとランプの火をみていました。それから、どこかへとんでいってしまいました。

二ひきの蛙《かえる》

緑の蛙と黄色の蛙が、はたけのまんなかでばったりゆきあいました。

「やあ、きみは黄色だね。きたない色だ。」

と緑の蛙がいいました。

「きみは緑だね。きみはじぶんを美しいと思っているのかね。」

と黄色の蛙がいいました。

こんなふうに話しあっていると、よいことは起りません。二ひきの蛙はとうとう喧嘩《けんか》をはじめました。

緑の蛙は黄色の蛙の上にとびかかっていきました。この蛙はとびかかるのが得意でありました。

黄色の蛙はあとあしで砂をけとばしましたので、あいてはたびたび目玉から砂をはらわねばなりませんでした。

するとそのとき、寒い風が吹いてきました。

二ひきの蛙は、もうすぐ冬のやってくることをおもいだしました。蛙たちは土の中にもぐって寒い冬をこさねばならないのです。

「春になったら、この喧嘩の勝負をつける。」

といって、緑の蛙は土にもぐりました。

「いまいったことを忘れるな。」

といって、黄色の蛙ももぐりこみました。

寒い冬がやってきました。蛙たちのもぐっている土の上に、びゅうびゅうと北風が吹いたり、霜柱《しもばしら》が立ったりしました。

そしてそれから、春がめぐってきました。

土の中に眠っていた蛙たちは、せなかの上の土があたたかくなってきたのでわかりました。

さいしょに、緑の蛙が目をさましました。土の上に出てみました。まだほかの蛙は出ていません。

「おいおい、おきたまえ。もう春だぞ。」

と土の中にむかってよびました。

すると、黄色の蛙が、

「やれやれ、春になったか。」

といって、土から出てきました。

「去年の喧嘩、忘れたか。」

と緑の蛙がいいました。

「待て待て。からだの土を洗いおとしてからにしようぜ。」

と黄色の蛙がいいました。

二匹《ママ》の蛙は、からだから泥土《どろっち》をおとすために、池のほうにいきました。

池には新しく湧《わ》きでて、ラムネのようにすがすがしい水がいっぱいにたたえられてありました。そのなかへ蛙たちは、とぶんとぶんととびこみました。

からだを洗ってから緑の蛙が目をぱちくりさせて、

「やあ、きみの黄色は美しい。」

といいました。

「そういえば、きみの緑だってすばらしいよ。」

と黄色の蛙がいいました。

そこで二ひきの蛙は、

「もう喧嘩はよそう。」

といいあいました。

よく眠ったあとでは、人間でも蛙でも、きげんがよくなるものであります。

でんでんむしの　かなしみ

いっぴきの　でんでんむしが　ありました。

ある　ひ　その　でんでんむしは　たいへんな　ことに　きが　つきました。

「わたしは　いままで　うっかりして　いたけれど、わたしの　せなかの　からの　なかには　かなしみが　いっぱい　つまって　いるでは　ないか」

この　かなしみは　どう　したら　よいでしょう。

でんでんむしは　おともだちの　でんでんむしの　ところに　やって　いきました。

「わたしは　もう　いきて　いられません」

と　その　でんでんむしは　おともだちに　いいました。

「なんですか」

と　おともだちの　でんでんむしは　ききました。

「わたしは　なんと　いう　ふしあわせな　ものでしょう。わたしの　せなかの　からの　なかには　かなしみが　いっぱい　つまって　いるのです」

と　はじめの　でんでんむしが　はなしました。

すると　おともだちの　でんでんむしは　いいました。
「あなたばかりでは　ありません。わたしの　せなかにも　かなしみは　いっぱいです。」
それじゃ　しかたないと　おもって、はじめの　でんでんむしは、べつの　おともだちの
ところへ　いきました。
すると　その　おともだちも　いいました。
「あなたばかりじゃ　ありません。わたしの　せなかにも　かなしみは　いっぱいです」
そこで、はじめの　でんでんむしは　また　べつの　おともだちの　ところへ　いきました。
こうして、おともだちを　じゅんじゅんに　たずねて　いきましたが、どの　ともだちも
おなじ　ことを　いうので　ありました。
とうとう　はじめの　でんでんむしは　きが　つきました。
「かなしみは　だれでも　もって　いるのだ。わたしばかりでは　ないのだ。わたしは　わた
しの　かなしみを　こらえて　いかなきゃ　ならない」
そして、この　でんでんむしは　もう、なげくのを　やめたので　あります。

ken

第三章　南吉の詩を読む

ポエトリーカフェ・新美南吉篇 開催記録

二〇二一年四月二十五日にオンラインで開催した、詩の読書会（学び場）〈ポエトリーカフェ・新美南吉篇〉がご参加募集からすぐ定員に達してしまったため、五月二日（日）に〈リターンズ！新美南吉篇〉として二回目を開催しました。こちらの会も初参加の方々まじえ十五名の皆さんと、新美南吉の生涯をたどりながら、詩・短い童話（物語詩）を朗読、感想、意見を交わしあい、ときに現地写真など紹介しつつ、楽しく行いました。

そしてこの回には、半田市を再訪時にお目もじが叶って、ご挨拶した、新美南吉記念館の館長・遠山光嗣さんもご参加くださいました。

じつは南吉記念館でお話をした際に、南吉にまつわる事柄について、遠山さんに幾つか質問をさせていただいたのですが、広大な知識とまた南吉に対する深い愛情と理解にもとづいたそのお答えに、心からの感銘をうけたのでした。

＊

〈ポエカフェ・リターンズ！新美南吉篇〉の始まりの遠山館長さんのご挨拶

南吉記念館でも〈童話の読書会〉はやっていますが（現在はパンデミック下にて休止中）、それを詩でやると、どんな感じになるのかな、それは面白いだろうな、いちど覗かせていただこうと。皆さんのお話を今日はきかせていただきたいと思います。もし、わたしでわかることであれば、何か、お答えできることもあると思いますのでご質問いただけたらと思います。

会は作成した年譜・テキスト（詩・童話三十七作品）をもとに、Ｐｉｐｐｏが南吉の生涯を紹介してゆきながら、詩（と短い童話）を皆さんにお一人ずつ朗読いただき、感想など自由に語らうというふうに進行してゆきました。生涯パートは割愛しますが、皆さんの作品へのご感想を軸に、遠山館長さんのお言葉と、わたし（Ｐｉｐｐｏ）の発言も少し付記し、以下に会のようすを紹介します。

＊

●詩「詩人」（１２５ページ参照）

（朗読：フリーライター。俳句・詩・小説の創作もなさっているＳ・Ｉさん）

Ｓ・Ｉさん　これをＰｉｐｐｏさんにピックアップしてもらったときに、ああ、芭蕉とかあげちゃうんだ、と思って（笑）。これって要は、芭蕉、良寛、西行とかと自分は同じ分類だよ、自分もそういう人間だよってことですよね。そういうふうになりたいというか、強い願望をいだいているのかな、と。私も俳句を作るので、分かる気もするのですが、素直にそういう思いを、こんなふうに言葉にすることって、できそうでできないことなので、気持ちよく読めますよね。格好つけて書く人が多いなかで、ちゃんと自分の気持ちを素直に、読みやすい形で書いている。その南吉の素直さ、まっすぐさが魅力だなと思いました。ほかの詩とはちょっと違うと思いますが、彼の心を垣間みるようなかんじがして、すごく楽しいですよね。

Ｐｉｐｐｏ（以下Ｐ）　強い意志の発露が言葉にあらわれていて。こういう心情をどこか客観的に述べているっていうのも面白いなと。これ、じつは中学三年、十五歳のとき書いてるんですよね。

＊

Ｓ・Ｉさん　そう！小学校卒業時の答辞で（たんぽぽのいく日ふまれて今日の花）という一句を詠ん

でいて、小学生でこんな句を詠めるなんて、天才だなと思いました。ただ、中学生くらいで〈詩〉にめざめる人って、少し大人びてますよね。そういう一面もここにはあらわれていて、背伸びしてる部分もあるというか。はじめの「闇黒《あんこく》の中に一点の光を見つける」とかも、中二病? なんていうといいすぎですが（笑）。〈詩〉の暗いところに格好良さを見出すみたいな。「詩趣を見出さなければおかない俺だ」という宣言も格好いいというか、かわいいなって思いました。

遠山館長さん　十五歳の作品とご紹介くださったとおり、これ南吉は中学生のとき書いてるんですよね。「柊陵」っていう半田中学の校友会誌に載ったものなんですけど、同級生たちみんなが読む雑誌です。中二病っていうのに笑ってしまったんですが、確かにそうかもしれなくて。すごく、こう自己顕示の要素も強いですよね。おれは、こんなこと考えてるんだぞって、少しひけらかしてるところもあるような。

＊

●詩「ひかる」（120ページ参照）

（朗読：出版社の会社員。実家に復刻版「赤い鳥」が第二期もふくめ全巻あって、いつのまにか親しんでいたというK・Mさん）

K・Mさん　やあ……中二病からは一歩抜け出たというか（笑）。わたし、これは「赤い鳥」誌上で読んでいたんですけども。向日的な、お日さまに向かう伸びやかさを子どもに求める気持ちもこめられているのかなと。子どもたちに接する仕事をするようになって、子どもたちとどういうものを自分は共有できるだろう、与えられるだろう、というのを考えたときにすごくいい、先生らしい、あたたかい詩だなと思うんですよね。そして、どことなく、北原白秋のもつリズム感なんかも少しうかがえたりして、すごく好きな詩ですね。

P　脱皮しましたよね（笑）。こんな表現力を十七歳で身に着けていることに驚異を感じるんですが……。この詩は岩滑小学校の代用教員を四ヵ月くらいつとめた年に書かれています。見ている景色や、南吉の心情がふうっとやさしく浮かんでくるようですね。

＊

●詩「神」（127ページ参照）

（朗読：短歌の創作をされていて、「ごん狐」の強い印象が忘れられず、詩も気になって、というK・Eさん）

K・Eさん　これを読みたいな、と思ったのは、わたし〈神〉というモチーフがけっこう好きで。自分の短歌にもつい、神、神って登場させちゃうんですね。無宗教でキリスト教も仏教も全然くわしくないし、信心深くもないんですけど。でも〈神〉って、そのへんにいるように感じてて、周りから見つけるものなのかな、と思ってるんです。それを、すごくうまく言いあらわしているような気がして。「神」って見えないけど、すぐ近くにいる。この詩は、ノートとかに書いておいて、見返したいような詩だな、って思いました。

P　〈神〉があらゆるところに遍在しているようなイメージですよね。それを純粋に見つけだしているような。遠山さん、南吉にとっての〈神〉というのはいかなる存在だったのでしょう？

遠山館長さん　南吉は、いろんな本を通して古今東西の宗教に関心をもってるんですよ。信心というよりも人間がいろんなことを考えるうえで宗教というのはいい入口になる。そういう意味で、哲学的に宗教のことを考えることがよくあって。また、キリスト教的な神をイメージした作品も書いてはいるんですが、この詩は、もっと〈自然のなかに神はいる〉という日本古来の日本人的な神なのかなと思います。そういう〈神〉がそばにいるのが、やっぱり子どもなのかなと。大人では、こういう〈神〉はなかなか感じられない、大人になってしまった自分が、子どもにかえることで、神を感じられるようになる、そういうことで「私は探そう、その神を、」と言っているのかな、というふうに思います。

＊

●詩「月は」（123ページ参照）

（朗読：出版社勤務の編集者。童話作家としての南吉しか知らず、生涯や詩を知りたくて、というM・Aさん）

M・Aさん　この詩は、情景が目に浮かびます。一篇の童話みたいだなあ、と思いながら、いいなあ、と思って選んだんですけど。かいでもかいでもにおうという、というところで、月の圧倒的な大きさ、大らかさが感じとれる。誰にでもふりそそぐ月の光を〈におい〉になぞらえていて、すごくあったかいなあ、と思って気に入りました。挿絵などの絵まで浮かんでくるかんじです。

P　誰にでも平等にふりそそぐ〈月の光〉が、誰にでもいいにおいだなあ、って感じとれる金木犀のかおりになぞらえられているの、いいですよね……。南吉は、一九四〇年の日記に「僕の文学は田舎の道を分野とする」と記していて。故郷や田舎の風景だとか、自分の目で見たもの、感じたものを作品のなかにしっかりと反映させているんですよね。それを感じさせるような詩だなあ、と。

＊

●詩「道」（121ページ参照）

（朗読：名古屋在住の会社員。二〇一八年に南吉記念館を訪ね、以来、南吉の魅力にめざめたというK・Tさん）

K・Tさん　新美南吉記念館周辺の風景を思い起こしながらこの詩を読んでいました。岩滑の畑や田んぼに沿って続く道、お堀であれば半田の運河、丘であれば権現山の辺りなど、風景を頭のなかで思い描くことができる詩ですよね。何よりも面白いのは〈道〉が途中でどこかに行ってしまうところ（笑）。〈道〉はけっして「とまらない」とか「迷はない」

とか、〈道〉それ自体が独自の主体性を持っていて、〈道〉を歩く個人の側からはコントロールすることができません。この不思議な〈道〉の存在感を何に例えられるのかと考えてみると、人生そのものとも言えそうです。ただ、〈道〉は多くの人が同じ場所を歩くことによって生まれるという側面もあるから、いろいろな個々人の人生の総体である社会が、一人ひとりの思惑を超えたところでどこかへ行ってしまう、そんな未来の不透明さを読み取ることもできそうです。ほかにも〈道〉は物語に例えられることもあります。南吉自身も童話など物語を書く人でしたから、結末のわからない物語のスリルをこの詩に重ねることもできそうです。こんなふうに、いろんな角度から読むことができて、豊かな意味の広がりがある詩だと思いました。

*

●詩「貝殻」（124ページ参照）

（朗読：専門図書館の司書。童話にはいろいろと親しんでいたが、詩も読んでみたくてというS・Aさん）

S・Aさん　この「貝殻」を読んでいて、どうやったら鳴るのかがわからないんですけど（笑）。わたしのイメージでは手のなかに……。

遠山館長さん（大きめの貝を二つ手にもちながら）お話していいですか？　南吉の鳴らしていたの、この貝、ハマグリなんですよ。知多半島って、海に囲まれていますよね。アサリのようにはザクザクとれませんけども、まあまあハマグリもとれる。貝をふたつ合わせて、この蝶番になっているおしりのところをガリガリ、コンクリとか硬い場所でしばらくこすっていると、削れてきて、穴が開くんですよ。二つ穴があいたとこで、貝殻をかさねて、息吹きをこめて……鳴るかな？（実演）♪ブー　ブー（軽快な楽曲）♪これが南吉が子どもの頃、さびしいときに自分の気をまぎらわせるように吹いて遊んでいたものです。

（オンライン画面上の皆さんより、歓声があがる。拍手。）

S・Aさん　（ニコニコ）。なんというか……。そういう貝がらを二つ合わせてしずかに鳴らす、っていうのが、自分だけのための行為というか、個人的な感じがしていいなあと思いました。そのささやかなことを、誰も聞いてなくても、自分のためにやる、というのが。ささやかな、でもだいじなことを、やさしく見守ってくれるような、いい詩だなあ、と。

＊

●童話「がちょうの　たんじょうび」（149ページ参照）

（朗読：京都で私立の図書館、小学校の図書室にお勤めのE・Tさん。読み聞かせなどで南吉の作品には親しんでいて、とのこと）

E・Tさん　南吉さんの童話には、小さな動物たちが出てくるものがたくさんあって。とてもかわいらしいお話なんですが、さいごに〈仲間はずれはいけないよ〉って話になってないところが、道徳的にはちょっとどうなんだろう、というところもあったりするんですが。そういうところが面白いな、と思いました。あと、がちょうのたんじょうび、とあるのに、がちょうが出て来ないところとかも面白くて。

P　わたしも同様なこと、はじめは思いました。呼ぶんじゃなかった、って少し冷たい感じがするというか。でも、いたちさんの身体を心配する観点からいうと、持って生まれた〈おならをたくさんする体質〉を限界まで我慢するいたちさん、可哀そうだし、ほんとうに残念ではあるけれど、むしろ呼んであげないほうが親切なのかもと（笑）。きっとほかにもいろんなとらえかたがあると思うんですけれど、全体的にユーモラスですよね。

＊

●詩「〈無題〉大人が」（130ページ参照）

（朗読：中国のご出身で精神科医のIさん。新美南吉は未知の作家だが、詩を少し読み、童話も読みたくなったとのこと）

Iさん　大人が安易に子どもに約束をする。でも、それを破っちゃダメです。これを書いた作者は、とても繊細なかたですね。この詩の背景には、南吉さんの幼少期のこととかもあるのかなと。養子にゆかされたこととか、傷つきやすかったり、大人を信用しきれないようなところがあったのでは、と思います。それと〈遠くの雲をみる〉このさびしい気持ち、残念な気持ちというのには、大人は配慮しなければならないですよね。約束を守れなかったり、子どもをかなしませたときには、やっぱり考え直さなければならない、と思います。

＊

●詩「雨蛙に寄せる」（124ページ参照）

（朗読：パンデミック下にて、長らくリモートワークをされているという会社員のT・Kさん。童話に親しみ、娘にも絵本を買ったことがあるとのこと）

T・Kさん　童話を書いている、南吉らしい詩ですよね。石のうえに雨蛙がいる、っていうだけで、すごくやさしい感じがします。それで、前半はとても柔らかく、やさしい感じで書かれていて、途中から「ひとり念《おも》ひて／倦《う》みたらバ／いつすんその居《きょ》を／うつすべし」ってあるのは、雨蛙に思いを寄せているし、自分自身のことも重ねているのかな、というふうにも読めました。年譜をみると、一九三〇年代中頃から後半に住まいを移したりしていますし、そういうことも含めて。

P　描かれているのは、のんびりと春陽にてらされる雨蛙ののどかな風景なんですが。南吉は身体の弱かったこと、病気のこととかもあって、ひとつところに長く勤められないかなしみ、やるせない気持ちって、ずっと抱えていたように思うんですよね。その思いを、石の上の蛙に投影させている面もあるのかなと。

＊

●詩「春の電車」（65ページ参照）

（朗読：横浜市「本屋 生活綴方」のお店番などされながら、不登校の親の気持ちを綴ったZINEなども制作。南吉の詩「雲」がお好きというR・Uさん）

R・Uさん　この詩、選んでいただいたんですけれど、この詩にしてもらえて、すごく嬉しかったです。とても視覚的に、自分が電車に乗っているときに、窓の外を見ているような感じで、いいなあ、と思いました。あと、この電車のガタンゴトンという感じや、子どもが輪がねをまわしてたり、お祭りの笛が流れてくる、音が聞こえてくるような感じとか。これは、南吉が乗っている情景を思いえがいているのかな、と思いきや、じつは乗っていなくて、いとしい人に会いにゆく、心を飛ばして会いにゆく、というような情景なのかな、と思いました。「半島のさきなる終点」というのも、ほんとうにそこに終点があるのか。病弱だったこともあるし、とても美しい光景でもあるので、終点が、天国みたいな、もしかしたら架空の場所なのかな、と思ったりもしました。

P　ああ……いいですね。ただ、架空の風景ではないようです。年譜だと一九三七年、河和第一尋常高等小学校の代用教員をつとめていたときですね。地元の岩滑から河和線に乗って、小学校のある、終点の河和駅までの風景をうたったものかなと。先日、南吉散歩をした際に、T夫妻と三人で知多半島を南下する河和線に乗って、河和駅まで行きました。（菜の花畑、今も見えるのかな？）ってずっと窓にはりついて動画を撮って。でも今はぜんぜんなくて、一瞬だけ見られました（笑）。遠山さん、当時のこの周辺の風景は、どんなだったのでしょう？

遠山館長さん　南吉は菜種畑の出てくるお話をほかにもいくつか書いているんですけれど。田舎に日常的な風景としてある、いちめん黄色に染まったその景色を、やっぱり南吉はすごく、うつくしいなあ、と思っていたと思うんです。菜種油をとってた頃っていうのは、田んぼの裏作として菜種を栽培していたところが多かったので。たとえば、岩滑の町から、南吉が通っていた半田中学校とかも五〇〇mくらいなんですが、そこもいっぱい田んぼが広がっていたんです。そこがほとんど菜種畑で真っ黄色になっていて。岩滑の集落から、半田中学校のほうを見ると、ほんとにいちめん黄色い海の向こうに、中学校がポツンと浮いているみたいな、そんな景色だったそうです。昔の日本って、本当にきれいだったんだよな、いいなあ、と思いますね。

P　ああ、当時の光景、ほんとうに夢みたいな景色だったのでしょうね。河和駅で降りて、三河湾の海沿いを歩くと、水がきれいに透き通ってて。右へゆき、坂道をテクテクのぼっていったら、その河和小学校が今でもありました。上からみおろすと、きれいな海も見える。この一九三七年は、南吉の人生のなかでは少しきびしかったころだと思うんですけど。でも、この小学校の代用教員時代は、うれしく心休まる時間だったんだろうな、と。遠山さん、この詩にある「をみな（女）」って、河和小で出会った、山田梅子さんのことでしょうか。

遠山館長さん　そうです。梅子さんのことですね。

R・Uさん　梅子さんに出会ったのは一九三七年で、それを思い出して、一九三九年にこの詩を書いたということですか？

遠山館長さん　そうです。最初から、この河和小は一学期だけの約束で勤めて、そのあと杉治商会に勤め、きびしい環境でボロボロになって、そのあと、安城の高等女学校の正教員として採用されて。ようやく自分の生活にゆとりができて、過去を振りかえる余裕が出てきたんでしょうね。杉治商会の前のほんの束の間の幸せな時間だった日々、それをなつかしく振り返っているのかなと思います。でも、ただ詩がぜんぶ、南吉の人生をそのままよんでいるのかというと、そうではなくて。こんなふうにかつての恋人のことをうつくしく書いているんですけど、この人のことも、南吉から別れているんですよね。また次に、別のかたとつきあってます。

R・Uさん　恋多き人だったんですね（笑）。

＊

●詩「手」（132ページ参照）

（朗読：詩作をつづけながら、小学校で子どもたちへの読み聞かせを十六年間なさっていたA・Uさん。その際、南吉の童話はよくテキストで読んでいたとのこと）

A・Uさん　さいしょに読んだとき、南吉の父親への手紙のようだなあ、というふうに思いました。父親にたいする敬いの念と相反する、学がない職人である父への軽いさげすみの思いだとか、かなしみの感情というのが見てとれて。東京の大学に行った南吉ですから、生活に窮することはなく、おだやかに暮らしてるんだろう、ということを単純に喜んでいる父親の姿がこの詩から見えてきて。現実のつらさとの乖離にくるしみながら、どうせ、お父さんには話してもわかってもらえないだろう、という思いは、現代の父親と息子にもあてはまるものがあるのかなと、永遠のテーマのようにも感じました。そして、労働者として、父親と同じ手を持つことになる、つらい予感みたいなものを吐露する、終連の言葉がすごく胸に迫ってくる。詩の形態をとってはいますが、逆に父親にいちばん言いたかったことを、ここに集約させて書いているんだろうなと。また、私事なんですけれど、わたしの父も金属加工の工場を営んでいたのですが。こう大きくて黒い、労働者の手をしていて、父の手を見たり、手をつないだりしたときに、とても切ない思いになったことがあって。南吉がお父さんの手をうたったこの詩は、強く印象にのこりました。手っていうのは、人の人生というものを、もっとも表している体の部位なのかな、とそんなことも思いました。

P　手紙、というのはほんとうにそうですね。南吉は、すごく父親を尊敬しているし、愛してもいる。ですけれど、自分も文学者として身を立てたい、と強く思いながらもお金は稼がなければいけないというなかで、教師としてがんばって勤めていたり。そういう葛藤のなかで、自分の気持ちもわかってほしい、という思いを感じさせますよね。

＊

●詩「木」（141ページ参照）

（朗読：大学事務の職員。学生時代に児童文学のゼミがあり、南吉には親しみのあったというK・Kさん）

K・Kさん　この詩をなぜ選んだかというと、読んだときに、すごく静かな情景が浮かんできて。その静かななかで、そっと木にふれる、という情景がいいなって思いました。この詩はすごく、さびしさ、というものが強調して表現されている、と思うんですが、「木のさびしさはあったかかった」というので、木にふれているときは、そのさびしさがあたたかさに感じられる。そういう視点が面白くていいなと。またさいごに「向うに白い雲も見えて」とあって、何気ない一行のようにも見えるんですが、それが入っていることによって空間が広がっている感じがして、そこもいいな、好きだなと思いました。

P　さびしさ、って、南吉の生にずっと寄り添う〈友達〉というか〈道づれ〉のような身近な存在だと思うんですよね。木もひとりで立っていて、さびしい、っていう思いを持っている。そこで木のさびしさにふれて、あたたかくなる。これは南吉の魂と木が魂を交感しあっているからなのかなと。自然に心を慰められつづけてきた、南吉らしい詩だなと思います。

＊

●童話「去年の木」（152ページ参照）

（朗読：名古屋の書店「ON READING」のK・Kさん。愛知県の作家ということもあり、いろいろと縁

を感じ、もっと新美南吉を深く知りたいなと思って、とのこと）

K・Kさん　〈木〉の魂はどこまで宿っているんだろう、と思いました。お話のなかで、小鳥は〈なかよしの木〉が切られ、マッチになってともした火に向かって歌を歌います。そして歌い終わったあと、どこかへ飛んで行ってしまいます。火の中に〈木〉を感じて、自分の歌が届いたと満足して飛んで行ったのか、もしくは、やっぱりそこにはいない、と思ったのか。描かれていない小鳥の心情が気になりました。また、鳥の歌や、姿を変えながら生きている〈木〉に、南吉の自身の作品に対する思いも込められているのかなと感じました。この作品が書かれた頃は戦時中で、さらに南吉は喀血もしたり、自分の死というのが、そんなに遠くない未来にきてしまうんだろうな、と思っていたのではないかと。そんななかで、自分の書いたものがどこまでのこっていくんだろうとか、どういう形でのこしていこう、とか、そんな思いもあったのかなと、そういうことも考えました。

P　そうですね。南吉は病気の悪化もあり、一九四一年には、自分の死を覚悟して弟にあてて遺書を書いたりもしていますし、この頃は自分に死期が近づいていることを感じていたでしょうね。自分の創作の火が消えてしまうんだろうか、消したくない、とかそういう思いもかさねあわせていたと思います。その歌がその〈木〉に届いているか、はわからないですが……大切な存在に、自分の作った歌をきかせたい、届けたい、という強い気持ちがここにあらわれているように自分は思いました。遠山さん、ここに込められた南吉の思いというのは、どういったものなのでしょうか？

遠山館長さん　南吉は自分の肉体が長くつづく、っていうのを諦めているところがあるんですよね。短い人生のなかで、たとえば、中学時代の卒業の間際には、「我が母も我が叔父もみな夭死せし我また三十《みそじ》をこえじと思うよ」と、自分は母親も叔父さんも早くに死んでしまって、自分も三十までは生きられないんじゃないだろうか、とそんな歌も書いていいるんですよね。でも、その短い生涯のなかで、永遠にのこるものを自分は果たしてのこしているんだろうか、ってことをずっと考えつづけていた人なんです。この話だと、やっぱり〈木〉は〈木〉のままでなくたって、火になったとしても、それが続いていって、こう形が変わってしまっても、誰か何かを感じてくれる相手がいれば、自分は嬉しいと、そんな思いがこめられているように感じます。〈木〉の場合は、小鳥のわけですけれど、南吉の場合は、作品を読んで、何かを感じてくれる読者がいれば嬉しい、という気持ちなのかなと。

＊

二回にわたり、およそ三十人のかたがたと南吉と作品について語り合い、あらためて感じたこと、思いを巡らせて、考えたことがあまりにも多くて。ご参加くださった皆さんに感謝の念でいっぱいです。作品の新たな魅力や解釈のしかたを再発見できました。

会のようすなのですが、上記のほかにも年譜、新美南吉の人生についてのくだりで、遠山館長さんには折々に貴重なお話をうかがいました（記録の完全版をいつか作りたいくらいです）。

新美南吉記念館の館長・遠山光嗣さん。南吉について、作品について、さまざまな質問に気さくにお話をきかせていただいたこと、心より、ありがとうございました。

（二〇二一年五月二日）

おわりに

「はじめに」にも書きましたが、二〇二一年の二月に新美南吉のふるさと半田市周辺を探訪した「文学散歩」が、夢のように楽しかったことが本書の芽です。

好きな詩人のゆかりの地を巡り歩く「文学散歩」。記憶にのこる最初の旅は二十代前半に訪れたドイツです。ヘルマン・ヘッセが若き日に書店員見習いをしていたテュービンゲン（南ドイツ）のヘッケンハウアー書店に入ったときの胸の高鳴りは今でも忘れられません。以来、中原中也、山崎方代、村山槐多、木下杢太郎、寺山修司をはじめ、幾多の詩人ゆかりの地を訪ねてきましたが、約二年の間に五回も文学散歩を行った詩人は、新美南吉ただ一人です。

何がこうも自分を惹きつけるのかを考えると、やはり、南吉の詩「墓碑銘」に回帰します。この詩から見えてくるのは、小さな者、力のない者、純粋で繊細な者、弱い者のかなしみや苦しみ、孤独や葛藤を想像し、そこに寄りそおうとする作者の心です。経済優先の社会においては強者の大きな声が市場を席巻してゆきます。けれど、小さな声がなぜ、それにかき消されなくてはならないのでしょうか。

南吉の童話には、故郷の自然や市井の人々のそぼくな生活の風景がじつによく登場します。家族や子どもたちの交流をえがいたものや、人間に限らず、動物や昆虫、鳥が主役となっている作品もあります。また「二ひきの蛙」など、喧嘩の場面がえがかれる作品も多いのですが、たいてい最後にはお互いの差異や良さを認め合い、仲直りします。

多様性を尊重すること。あらゆる生命のうつくしさ。どんな命であっても、生活であっても大切にされるべきだということ。他にもメッセージはありますが、百十年も前に生れた新美南吉が切なる思いを込めて書いた作品。それは南吉がわたしたちに送ってくれた心のこもった手紙です。詩や童話にふれれば、その手紙はいつだって読むことができるのです。


本書の成立においては、先行の研究者の方々の多様な著作を参考にさせていただきました。そして、新美南吉記念館の館長・遠山光嗣氏には多大なご協力をいただきました。とくに第一章の「新美南吉の生涯と〈ふるさと文学散歩〉」の執筆にあたっては、当方で調査しきれなかった難問に、幾度も遠山氏より回答やご見解を賜りました。記して感謝いたします。

また南吉の「ふるさと」の今昔の風景に詩や童話のモチーフをちりばめ、素晴らしい表紙画（及び地図）を描いてくださった、カイズケンさん。本書を素敵な姿にしてくれた土屋みづほさん。発言の掲載を許可くださった詩の会の参加者の皆さん。併走してくれたパートナーと、編集者の天野みかさん。友人、家族。わたしに力を与えてくれた全ての人々に感謝します。

この本があなたの歩む道の小さく楽しき友となることを願いつつ。

二〇二三年二月

Pippo

新美南吉　略年譜

一九一三年（大正二）　七月三十日、愛知県知多郡半田町字東山（現・半田市岩滑中町）に父・渡辺多蔵、母・りゑ夫婦の次男として出生。正八と命名される。父・多蔵が好んでいた講談に出てくる豪傑・梁川庄八からとったそう。家業は畳屋、のちに下駄屋、雑貨屋も営む。

一九一七年（大正六）　四歳　体の弱かった実母・りゑ（二十九歳）病没。この頃、近所の森はやみに子守をしてもらう。

一九一九年（大正八）　六歳　父、継母・志んと入籍。異母弟・益吉生まれる。

一九二〇年（大正九）　七歳　知多郡半田第二尋常小学校（現・半田市立岩滑小学校）入学。愛称は「ショッパ」。担任の印象はおとなしく目立たない存在。身体は弱かったが、学業は優秀。

一九二一年（大正十）　八歳　二月、叔父の新美鎌治郎（母・りゑの弟）病没。七月に母方の祖母・新美志も（りゑの継母）の養子となり、新美正八と改姓。養家で祖母と二人で暮らし始めるが、さびしさに耐えきれず、十二月に新美姓のまま実家へ帰る。孤独な幼年時代だった。

一九二六年（大正十五）　十三歳　三月、小学校卒業時、「たんぽぽのいく日ふまれて今日の花」という俳句を入れた答辞を読み、周囲を驚かす。四月、県立半田中学校（現・愛知県立半田高等学校）入学。

一九二七年（昭和二）　十四歳　この頃より、盛んに詩（童謡）、童話を作り始める。

一九二八年（昭和三）　十五歳　二月、「柊陵」第九号に詩「喧嘩に負けて」、「椋の実の思出」掲載。十一月に「柊陵」第十号に詩「詩人」他掲載。

一九二九年（昭和四）　十六歳　岩滑の有志らと、同人雑誌「オリオン」発行。この年「兎の耳」「緑草」「少年倶楽部」などへ盛んに投稿。

一九三一（昭和六）　十八歳　三月、半田中学校を次席で卒業。岡崎師範学校を受験するが、身体検査で不合格となる。四月、母校の半田第二尋常小学校の代用教員となる（八月まで、二年生五十九人を担任）。そのかたわら、復刊した「赤い鳥」へ詩（童謡）、童話を投稿する。初夏、雨の体操の時間に六年生の教室で「ごん狐」を児童に話す。五月に詩「窓」が「赤い鳥」に初入選し、掲載。六月にも詩「ひかる」が佳作として掲載。同誌に、童話「正坊とクロ」（八月号）、「張紅倫」（十一月号）が掲載。七月、初恋の女性・木本咸子と交際開始。九月、北原白秋門下による童謡雑誌「チチノキ」に参加、巽聖歌らを知る。交流を重ね、十二月に巽を頼って上京し、二週間滞在。北原白秋にも会う。巽には以降、全幅の信頼を寄せてゆく。

一九三二年（昭和七）　十九歳　一月、「赤い鳥」に「ごん狐」が掲載される。四月、東京外国語学校（現・東京外国語大学）英語部文科へ入学。八月まで巽聖歌宅から通学。九月、学生寮に移る。この年、「赤い鳥」に童話「のら犬」、詩「枇杷の花の祭」「そりとランターン」「乳母車」「熊」「明日」等が掲載。与田準一と知り合う。

一九三三年（昭和八）　二十歳　北原白秋と鈴木三重吉の訣別により、この年の四月号を最後に「赤い鳥」への投稿を止める。四月、宮澤賢治の童話が触覚にふれ、軽い気持ちで「蛾とアーク灯」を執筆。五月、学生寮を出て、中野区新井薬師に下宿。小説の創作を試みるも難しさを痛感、童話創作に熱を入れる。十二月「手袋を買いに」執筆。この年、世界文学、日本の詩を熱心に読む。

一九三四年（昭和九）　二十一歳　二月、新宿で開催された、第一回「宮澤賢治友の会」出席。席上「雨ニモマケズ」手帖が発見され、参加者に回覧される。同席者に永瀬清子、菊池武雄、高村光太郎、宮澤清六、草野心平、巽聖歌等がいた。のちに初めての喀血。

一九三五年（昭和十） 二十二歳 五月、幼年童話、約二十篇を書き上げる。巽が南吉の童話集の刊行を画策するも、無名の新人という理由で出版不可となる。この年、長いこと思いを寄せ、結婚まで誓い合っていた木本咸子が他の相手と結婚。詩「墓碑銘」「去りゆく人に」など書く。

一九三六年（昭和十一） 二十三歳 三月、東京外国語学校卒業。四月、東京商工会議所内の東京土産品協会に就職。英文カタログ作成などの仕事に従事。十月に二度目の喀血。十一月に帰郷し、静養にあたる。

一九三七年（昭和十二） 二十四歳 病気に苦悩、ドストエフスキーを読む。四月より、河和第一尋常高等小学校（現・美浜町立河和小学校）の臨時教員を勤める（四年生六十四人の担任と高等科の英語を担当）。同学校教員、山田梅子と出会い、親密に交流。七月退職。九月より、半田市の杉治商会畜禽研究所に住み込みで勤務を始める。十二月、本店の経理課へ異動。薄給で待遇も悪く、人生でもっともきびしい頃。

一九三八年（昭和十三） 二十五歳 四月、恩師らのはからいで、県立安城高等女学校（現・安城高等学校）の正教員となる。春に入学したばかりの一年生五十六人の担任と、全学年の英語を担当。この前後から、中山ちゑとの交流が深まる。

一九三九年（昭和十四） 二十六歳 二月から九月にかけて、第一集「雪とひばり」を皮切りに生徒詩集六冊をガリ版刷りで発行（紙不足で九月に終刊）。三月、詩「春の電車」書く。この年、「哈爾賓《ハルビン》日日新聞」に詩「ねぎ畑」「雨後即興」「ひよこ」をはじめ多くの詩、童話「最後の胡弓弾き」「久助君の話」「花を埋める」（連載）などが掲載される。この年、第二次世界大戦始まる。

一九四〇年（昭和十五）　二十七歳　二月、弟・益吉の入営祝賀会に参加。生徒達の卒業予餞会のため戯曲「ガア子の卒業祝賀会」を書き、三月、上演される。六月、中山ちゑが旅行先で急死。「哈爾賓日日新聞」へ詩・童話が掲載され、「婦女界」に「銭」、「新児童文化」に「川」が掲載される。

一九四一年（昭和十六）　二十八歳　一月〜三月、学習社より依頼をうけた良寛の伝記物語を執筆。無理がたたって体調を崩し、四月、二週間病臥。死を覚悟し、弟に遺言状をかく。十月、学習社より最初の単行本『良寛物語 手毬と鉢の子』出版。十一月、「早稲田大学新聞」に「童話に於ける物語性の喪失」を発表。十二月、病態が悪化し、血尿出る。

一九四二年（昭和十七）　二十九歳　一月、腎臓を患い、通院。三月、四年間担任した生徒達が安城高等女学校を卒業。三月「ごんごろ鐘」、四月「おぢいさんのランプ」、五月「牛をつないだ椿の木」「花のき村と盗人たち」「和太郎さんと牛」など童話を次々に書きあげる。八月「都築弥厚伝」の執筆に取り組むも書けず。十月、有光社より、第一童話集『おぢいさんのランプ』出版。

一九四三年（昭和十八）　二十九歳　病状が悪化し、自宅療養。喉の痛みをこらえながら、「狐」「小さい太郎の悲しみ」「疣」などを執筆。最後にとりかかった作品は「天狗」（未完）。二月、長期欠勤のため安城高等女学校を退職。巽宛てに未発表の作品を送り、死後の出版を依頼。三月二十二日、喉頭結核のため、永眠。法名「釈文成《しゃくぶんじょう》」。四月に自宅離れにて、葬儀が行われた。没後の九月、第二童話集『牛をつないだ椿の木』、第三童話集『花のき村と盗人たち』が出版される。

※『生誕百年 新美南吉』（新美南吉記念館）収載の年譜、『校定 新美南吉全集（別巻Ⅰ）』（大日本図書）収載の年譜を参考に作成しました。

表記について　編集部註

・本書の第一章「新美南吉の生涯と〈ふるさと文学散歩〉」と第二章「詩と幼年童話」内の詩は『校定 新美南吉全集』（大日本図書）の第八巻、第二章内の童話は第四巻をそれぞれ底本として編集収録しました。
・また第一章内の他作品や文章の引用箇所に（全集第〇巻）とあるのは全て『校定 新美南吉全集』を指しています。
・「詩」と第一章内の引用文章は、漢字は新字に、ひらがなは旧仮名遣いのものはそのままとしました。「幼年童話」は読みやすさを考慮し、漢字は新字、ひらがなは現代仮名遣いとし、カタカナをひらがなにするなど一部表記を改めました。
・ルビについては不要と思われるものは削り、必要と思われるものを若干加えました。
・「ゝ」「ゞ」「〳〵」などはひらがな表記にしています。

参考文献

『校定 新美南吉全集』全十二巻・別巻二冊　大日本図書（一九八〇－一九八三年）

＊

巽聖歌『新美南吉の手紙とその生涯』英宝社（一九六二年）
巽聖歌 編『新美南吉詩集　墓碑銘』英宝社（一九六二年）
かつおきんや『人間・新美南吉』大日本図書（一九八三年）
神谷幸之『南吉おぼえ書（全五集）』財団法人かみや美術館（一九九〇年）
大石源三『ごんぎつねのふるさと 新美南吉の生涯 改訂版』エフエー出版（一九九三年）
『新美南吉詩集』ハルキ文庫　角川春樹事務所（二〇〇八年）
斎藤卓志『素顔の新美南吉　避けられない死を前に』風媒社（二〇一三年）
『別冊太陽　新美南吉』平凡社（二〇一三年）

『半田市誌　本文篇』愛知県半田市（一九七一年）
「研究紀要　No.12」半田市立博物館（一九八九年）
河合克己『知多半島歴史読本』新葉館出版（二〇〇六年）

＊

「新美南吉記念館 研究紀要 二〇〇三年 第九号」新美南吉記念館（二〇〇三年）
「「たきび」の詩人　巽聖歌と新美南吉」展示パンフレット　新美南吉記念館（二〇〇五年）
『生誕百年 新美南吉』新美南吉記念館（二〇一三年）

詩・幼年童話 索引

（※50音順　第一章に収載の詩も含む）

【詩】

明日……43
秋陽……127
雨蛙に寄せる……124
雨の音……121
泉〈B〉……98
お伽噺……141
貝殻……124
神……127
木……141
寓話……138
熊……41
喧嘩に負けて……17
工房……134
去りゆく人に（抄）……47
詩人……125
支那漢口へ移つてゆく子に……140
球根……122
小さな星……137
父……49
月は……123
手……132
デージイ……92
天国……20
仲間はづれの……19
花……136
春風……130
春の電車……65
ひかる……120
ひよこ……74
墓碑銘……128
窓……27
道……121

〈無題〉大人が……130
〈無題〉われは中村屋にいきて……56
詩文集 第一集「雪とひばり」
　巻頭詩（生れいでて）……90

【幼年童話】

がちょうの　たんじょうび……149
去年の木……152
こぞうさんの　おきょう……146
里の春、山の春……144
でんでんむしの　かなしみ……158
二ひきの蛙……154

Pippo（ぴっぽ）
1974年東京生まれ。近代詩伝道師、著述業。青山学院女子短大芸術学科専攻科卒業後、思潮社へ入社。編集部時は多くの詩書編纂に携わる。のち、2008年より、音楽・朗読及び詩の伝道活動を開始。2009年秋より、詩の読書会「ポエトリーカフェ」を開始。継続して開催し、今年14年目を迎える。
著書『心に太陽を くちびるに詩を』（新日本出版社）、編書に『一篇の詩に出会った話』（かもがわ出版）がある。

協力・写真提供　新美南吉記念館
装画・挿画・地図　カイズケン
装幀　土屋みづほ

ふるさと文学散歩・新美南吉記念館探訪の写真　著者撮影

人間に生れてしまったけれど
——新美南吉の詩を歩く

2023年3月22日　初版第1刷発行

編著者　Pippo

発行者　竹村正治
発行所　株式会社 かもがわ出版
〒602-8119　京都市上京区堀川通出水西入
TEL 075-432-2868　FAX 075-432-2869
振替　01010-5-12436
http://www.kamogawa.co.jp
印刷所　シナノ書籍印刷株式会社

ISBN978-4-7803-1269-0　C0095　Printed in Japan